COBALT-SERIES

破妖《はよう》の剣《つるぎ》 外伝

天明の月 2

前田珠子

集英社

目　次

妖《よう》主《しゅ》

王蜜《おうみつ》の妖主
（輝王《きおう》）

世界の源流となった、最古の妖主。

翡翠《ひすい》の妖主
（熾翠《しすい》・翡蝶《ひちょう》）

相反する、二つの人格を持つ美女。

紫紺《しこん》の妖主
（藍絲《らんし》）

糸を支配、人形を作る。白煉に執着。

夫婦？

白焔《はくえん》の妖主（白煉《びゃくれん》）

白き焔《ほのお》を操る。一時期人間として暮らした。

第六の妖主（燦華《さんげ》）

翡翠の妖主の死後に生まれた、雛《ひな》の君。

闇主《あんしゅ》（千禍《せんか》）／柘榴《ざくろ》の妖主

ラスの護り手。壮絶な美しさと極悪非道な性格は魔性の中でも群を抜く。

息子

護り手

懐いている

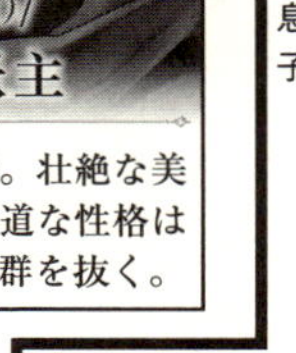

邪羅《じゃら》（ザハト）

妖主夫婦の息子《サラブレッド》で、ラスを姉のように慕う。

いいかんじ？

破妖の剣シリーズ あらすじ

創造神ガンダルの生み出した世界、ガンダル・アルス。人々は強大な力を操る「魔性《ましょう》」に脅かされ生きていた。

対抗できる力を持つ人間——破妖《はよう》剣士《けんし》、捕縛師《ほばくし》、魅縛師《みばくし》——は「浮城《ふじょう》」に集い、戦いに尽力する。そんな中、ラエスリール（ラス）は破妖剣士として活躍するも、闇主には愛されながら翻弄され、弟・乱華からは歪んだ執着を向けられるのだった。

度重なる死闘の末、人類の未来をかけた戦いに勝利したラスは、人間と魔性の共存を願い皇《おう》の座に就いた。

外伝『天明の月』は、その後の、ラス・闇主・燦華たちの物語。

破妖の剣　人物相関図

マンスラム
浮城の前代城長。ラスの育ての親。
親友
チェリク
浮城の元城長で、伝説的な魅縛師。
夫婦
息子
娘
スラヴィエーラ
破妖刀「夢晶結《むしょうけつ》」を使う破妖剣士。
乱華《らんか》（リーダイル）
魔性として生きる、シスコンなラスの弟。
慕う
緋陵姫《ひりょうき》
ラスの命を分けられ生まれた、分身。
守護者
姉弟
ラエスリール（朱烙《しゅらく》）
破妖刀「紅蓮姫《ぐれんき》」をふるう不器用な破妖剣士。半人半妖で魅了眼《みりょうがん》を持つ。
アーゼンタール
かつて「紅蓮姫」の遣い手だった捕縛師。
セスラン
幼い妖貴を育てる、食わせ者の捕縛師。
サティン
面倒見のいい捕縛師。ラスの良き理解者。
彩糸《さいし》
リーヴシェランを溺愛する護り手。
護り手
リーヴシェラン
琴の音を用いる魅縛師。公国の公女。
浮城におけるラスの仲間

イラスト／小島　榊

冥海崩壊

そこは魂《たましい》が還《かえ》る場所——。

永劫《えいごう》にも近い時間の果てに、彼ら——彼女らの魂が還る場所。

生きるだけ生きた魂が、安らかに眠る場所。

だからこそ、彼ら——彼女らは、その場所をこう呼ぶのだ……『冥《めい》の海《うみ》』と。

そこは、彼らの生の絶対の終着点であり、そこに至った上では、これより先何の不安も異変もない。

ただただ静かな平穏な世界が、彼らの魂を包み込むだけなのだ——永遠に。

多くの魂は、その海に同化することで、精神の安らぎを得る。

望まぬ生を強《し》いられた者は、その苦痛から解放された喜びの安息に安堵《あんど》する。

望まぬ死を強いられた者は、凪《なぎ》の響きに心と魂を癒《い》やされ、いつしか海と同化する。

彼らの安寧《あんねい》だけのために用意された、そこは閉じられた楽園だった。

だから、誰もがそこに還ることで安堵する。

たとえ無念の死を遂げようとも、その海に還ると同時に、安寧の念に駆られ、その海と同化することに意識が向けられるのだ。

ずっと――ずっと、その決まりは絶対だった。

ある出来事がなされるまで。

世界の中核たる場所に、真紅《しんく》の破妖刀《はようとう》が据《す》え置かれるその寸前まで。

冥の海は完全に閉ざされた魔性《ましょう》の魂の墓場であり、それ以外の意味を一切持たぬ死せる空間にすぎなかった。

魔性は、一度死ねば最後――冥の海に落ちて永遠に彷徨《さまよ》うか、冥の海に同化する。

それ以外なかった魔性たちの魂の行く末を、革命的に変えたのは、世界の中核に据えられた真紅の破妖刀で、さらに言うなら、その破妖刀に最大限の影響を与える人物の認識だった。

『わたしは！　この世界で！　魔性と人間が共に歩める未来を築きたい！』

彼女がこの言葉を発した時、彼女はまだこの世界の皇《おう》ではなかった。

ふたりの候補者の内の片方による発言にすぎなかった。

けれど。

世界は、確実にその発言に反応し、『変化するための準備』を行っていたのだ。

魔性と人間が共存できる世界とは何か。そのためには、いったい何が必要なのか
――世界自体が一個の生命体として、答えを見いだそうと動いたのだ。

そうとしか、彼ら――彼女らには思えない。

だって、そうでもなければ……あり得ない現実が、彼ら――彼女らの目前に繰り広げられたのだ！

魔性と人間の共存を望む者が皇となり、その半身が世界の中核たる場所で、世界を支える支柱の象徴《しょうちょう》となった。

まさに、その瞬間――だったのだ。

冥の海に変化が生じたのは。

それまで、冥の海は、魔性の命と魂が流れ着く、最後の場所であった。

永遠の安息の場所、二度と変化することのない最期《さいご》の居場所。

同時にそれは行き止まりの海――どこかに流れ出す可能性すら持たぬ閉じられた水槽《すいそう》のような存在だった。

ところが、だ。

それが、突然変化したのだ。

どこにも流れ出す余地もない、閉ざされた海は、なぜか突然違う存在に変化してしまったのだ！

そう……最果ての海だと、皆が信じて疑わなかったそこは、ある日突然、山中の湖に成り変わり、下方への流れが生じたのだ。

ここそが、最期の場所――ここそが終わりの場所。

彼らも彼女らも、そう信じていた場所に、変化が生じた。

それは、小さな、小さな流れだ。

海が湖に変化したとしても、留まることは難しくない。それどころか、変わりたくないと思えば、自《みずか》ら閉じることさえ可能だったかもしれない。

多くの同胞《どうほう》たちは、今更新たな流れに身を任せることを忌避《きひ》した。

それはそうだろう。

新たに生まれた流れに身を投じたとして――その先に何が待っているのかは、誰にも何もわからないのだ。

せっかく手に入れた安寧を、なぜわざわざ手放さなければならないのか。

彼らも彼女らも、それは同じ思いだった。

けれど。

彼らの中の一欠片《かけら》、彼女らの中の一欠片は、閉じられていたはずの冥の海からの一筋の流れに、某《なにがし》かの意味を……あるいは、それに繋《つな》がるかもしれない可能性を見いだしたのである。

この流れの先には、もしかしたら生前望んで叶《かな》えられなかった未来があるかもしれない。

この流れの先には、もしかしたら今一歩で叶わなかった失敗の大逆転があるかもしれない。

この流れの先には……もしかしたら、悲しませるだけ悲しませてしまった、あのひとを掬《すく》い上げる道があるかもしれない。

現実がどうであるかはわからない。

わからない。

それでも、その一筋の流れを見いだした時。

彼らの一欠片、彼女らの一欠片は。

その流れに身を投じることを選んだ。

彼らは、彼女らはそのか細い流れの先に、愛《いと》おしいと感じた誰かの気配を感じ取ったのだ。

……冥の海が綻《ほころ》ぶ。

その先の未来は、未《いま》だ誰の目にも見えない。

隠れ鬼

1

ガンダルース大陸の中心――白砂原《しろすなはら》の外れに、緑に恵まれた小さな土地がある。

それはまだ新しい緑の土地だ。

その地に住まう者が、日々苗木を植え続け、水を与えることで、少しずつ育ちゆきつつある緑地だ。

そこに住まうのは、白髪が目立つようになって久しい老婆《ろうば》と、影を持たない不思議な少女のふたりきりだが、訪れる客は多い。

白砂原の中央上空に浮遊《ふゆう》する対魔の城砦《じょうさい》――いわゆる浮城《ふじょう》の住人たちが、先の長《おさ》であるこの地の住人を慕ってことあるごとに来訪するからである。

数カ月前、十年近く不義理をしていた義理の娘が里帰りを果たした時は、最終的に数十人が集まってしまい、晴天だったのを幸いに、庭で食事会を開くことになったほどだ。

とはいえ、そんな賑《にぎ》わいが常であるわけでもない。

また、先の浮城の長たる人物――マンスラムに対する危険な訪問者が存在しないわけでもない。

魔性《ましょう》の脅威《きょうい》から救われた人間が彼女に感謝するのと同じ規模で、彼女の選択によって滅ぼされた魔性の恨みもまた、同時に存在するのである。

マンスラムが浮城の城長《しろおさ》を退《しりぞ》いたかどうかなど、彼らには関係がない。

マンスラムを恨み、その生存を脅《おびや》かそうとする勢力は、世界情勢が激変した今であっても、確実に存在するのだ。

それに真っ先に反応するのは、マンスラムの護《まも》り手《て》を担う旺李《おうり》だ。

彼女は元々はマンスラムの親友であるチェリクの護り手であったのだが、チェリクが浮城を出奔《しゅっぽん》した際に、マンスラムに保護される形で護り手と認定されたのだ。

真実はもっと複雑であったのだが、今現在認識されている事実はそうなのだ。

そんな旺李が、ぴくりと反応したのは——その緊張にマンスラムが目覚めたのは、初夏のある日の夜明けのことだった。

「あの子が、来るわ」

マンスラムはその言葉に、思わず首を傾《かし》げた。

「あの子……？」

それは、誰のこと？

問いかけた彼女に、旺李は苦しげな、それでいて嬉《うれ》しそうでもある……何とも複雑な笑みをたたえて、こう続けた。

「わたしたちに、勝手に忘れな草をよこして、勝手に済んだことにして、終わりにしようとかしてくれたひと……の忘れ形見よ」

マンスラムは目を瞠《みは》った。

それは……その人物だけは、決して自分を二度と訪れないに違いない、と確信していたからである。

起き上がり、衣服を整え、マンスラムは旺李が告げた来訪者を待った。

ラエスリールに対した時のように、家の前で迎えようとしなかったのは、時刻が時刻であったことと、旺李の放った警告があったからである。

曰《いわ》く——チェリクの忘れ形見の傍《かたわ》らに、恐ろしい気配がある、と旺李は告げたのだ。

そうして、訪問者が扉を叩《たた》くのを待った。

マンスラムがこの時想定していた訪問者の候補はふたりだった。

親友であり自分の前に城長だったチェリクの忘れ形見は、ラエスリールと乱華《らんか》——リーダイルのふたりだけだが、超上級魔性たる妖主《ようしゅ》の繰り出した裏技のおかげで、その存在はさらにひとり増えている。

そこからラエスリールを除《のぞ》いて……だから、ふたりなのだ。

どちらなのか。

あるいは両方なのか。

どちらとも面識はあるものの、ラエスリールと違って、どちらとも、理解し合うための交流が十分になされたとは思っていない。

それでもチェリクの遺髪を届けてくれる程度には、緋陵姫《ひりょうき》は人間の作法に通じてくれていたはずなのだけれど――。

乱華――リーダイルの場合はどうなのだろう？

彼は、変わったのだろうか？　それとも傲慢《ごうまん》な魔性の認識を抱えたままで、だからこそ旺李がここまで警戒しているのだろうか？

いろいろなことを、様々なことを――現時点で考え得る可能性を、この時マンスラムは精査し、備えた。

何があろうと狼狽《うろた》えない。

何があろうと動じない。

自《みずか》らにそう課して、彼女は訪問者を待った。

ほどなく。

訪問者はマンスラムの家の扉を叩いた。

覚悟して、備えていたはずだったマンスラムと旺李は、それでも、その面子《めんつ》に衝撃を覚えずにはいられなかった。

なぜなら。

夜明けの早朝――マンスラムの住まう屋敷の扉を叩いて訪れた主は。

マンスラムと旺李が想定していた客とはまったく違う人物だったからである。

「入ってもいいかしら？」

一応許可を求めながらも、現実的にはずいずいずい、と入り込んできたのは、漆《しっ》黒《こく》の髪と双眸《そうぼう》を持つ少女だった。

「女皇《じょおう》……っ！」

旺李が上げた悲鳴に、少女は不快げに眉根を寄せた。

「わたくしがすでにその名を返上していることを知った上で、何故その名を繰り返すの？　不愉快だわ」

それは確かにその通りだったから、マンスラムは旺李の悲鳴を詫《わ》びた。

「ごめんなさい。あなたの立場と宣言を考えれば旺李の言葉は浅はかなものでしょう。けれど、では、わたしたちは、今のあなたを何と呼べばいいのかしら？」

問いかけられた少女は、数瞬の間凍りついた。

それは、少女のマンスラムたちへの距離感を、何より語る沈黙だった。

真名《まな》を口にすることを、少女は許す気にはなれないのだろう。それでは別の名を名乗るにも、彼女はそれを持たないのだ。

今では呼ばれることを忌避《きひ》する『女皇』と、彼女自身の真名——そのふたつ以外で呼ばれることがなかった事実が、この一瞬で明らかとなったのだ。

真名ではなく、それでいて自身の本質の欠片《かけら》を含む愛称を、漆黒の少女は持っていない。

だから、マンスラムの問いにこれほど困惑するのだ——。

まさか、ここまで無垢《むく》だとは思わなかった。

マンスラムは、何とか会話を繋《つな》げるための糸口を探ろうと思ったわけだが、少女からの問いかけのほうが早かった。

「……あなたたちは、ラエスリールのことを、何と呼んでいるの?」

唐突な問いかけだった。

魔性の言葉には、常に警戒が必要だと、骨の髄《ずい》まで染みこんだマンスラムにとってすら、少女の問いかけは意外なもので――。

「ラスがどうしたの？」

そう、問い返してしまった。

その瞬間、だ。

かつての女皇だった少女は、安堵《あんど》したように微笑《ほほえ》んで……そうして、自らの『呼び名』を告げたのである。

「わたくしのことは、燦華《さんげ》と呼んでいただいて結構よ」

と。

仰天《ぎょうてん》したのは旺李であり、彼女と繫がっているマンスラムだった。

旺李は、少女の名乗りが紛《まぎ》れもない真名であることを知ったからこそ驚倒し、マンスラムは人間にすぎぬ自分に真名を許すという少女の決断に信じがたい思いを抱いたのだ。

「ど……どうして、その名をわたしたちに許す気になったのか……尋《たず》ねてもいいかしら？」

強《こわ》ばる声で、そう尋ねたマンスラムに、少女——燦華は高らかに答えた。

「彼女の名は、すでに世界を背負う重みをたたえているからよ。かつて誼《よしみ》があった程度の縁の人間では、最早気軽に彼女の名を口にすることもかなわない……それぐらいの圧力が、彼女の名前にはかかっている」

なのに、貴女《あなた》はいともたやすく、ラエスリールをラスと呼んだでしょう？

世界が、それを許している。

ラエスリールを「ラス」と呼ぶことを——その行為に一切の妨害の力が働くことなく。

そんな貴女だから——。

自らの真名を許すのだ、と彼女は告げ——。

さらにこう続けたのだ。

「この子供を、委《ゆだ》ねたいの」

と。

少女は胸元に、真綿《まわた》のおくるみを抱いていた。

そこにくるまれていたのは、黒と金の髪が争うようにまだらになった赤子だった。

生まれて数カ月というところだろうか、恐ろしく綺麗《きれい》な顔立ちの赤子を前に、マンスラムは既視感《きしかん》を覚えた。

赤子の顔立ちに対してではない――赤子が放つ気配が、どこか……何か、彼女の記憶に引っかかったのだ。

誰かに似ている……？

だが、いったい誰に……？

首を傾げるマンスラムの傍らで、旺李ははっと息を呑《の》んだ。

「旺李？」

どうしたの、と尋ねたマンスラムの声も耳に入らぬ様子で、旺李は食い入るように赤子を見つめ……そうして、掠《かす》れた声で「まさか」と呻《うめ》いた。

「旺李？　どうしたの？　もしかして、あなたはこの子を知っているの？」

マンスラムの再度の問いかけにも、旺李は答えを返さなかった。

否《いな》。

返せなかったのだ——彼女は混乱の極致にあった。

「馬鹿《ばか》な……こんなことはあり得ない！　チェリクはとうに死んでしまったのに、どうしてこの赤子から、彼女の気配が色濃く溢《あふ》れ出しているの？　チェリクが生んだ？　そんなことはあり得ない！　なのに、どうしてこの子供は、彼女の血を分けた子供以外では考えられないほど強く濃い、彼女の気が溢れているの！　この子はいったい、何者なの？」

悲鳴に近い声を上げた旺李に、答えを告げたのは燦華だった。

「あり得るわ。簡単なことよ。この子は正しく彼女の血を分けた彼女の子供……息子なのだから」

と。

突拍子もないどころか、突拍子なさすぎる少女の言葉に、旺李もマンスラムも、数瞬、言葉を発することさえできなかった。

胸の奥のざわめきを抑えることに必死だったからだ。

普通であれば、決して覚えぬ希望が、彼女たちの胸に灯《とも》りかけたからだ。

時は戻らない。

死者は戻らない。

少なくとも人間の世界にあっては、疑う余地もない絶対のこの理《ことわり》は、彼女たちが知る世界にあっては絶対の真理ではなかったからだ。

一度死んだチェリクの魂《たましい》が、世界の王たる魔性の力の助けもあって、この世に肉体と共に甦《よみがえ》った事実を、彼女たちは知っていた。

二度目のその生も、王蜜《おうみつ》の妖主の存在と共に終えたと聞いてはいたけれど。

もしかしたら……もしかしたら、再々度のこの世へのチェリクの帰還は、あり得ない話ではないのではないか――。

……つい、そう期待してしまうのだ。

だが、燦華はそんなふたりの希望を否定した。

「この子は……ラエスリールがリーダイルと呼び、緋陵姫が乱華と呼んでいた、彼女たちの弟よ。少なくとも、その魂を抱いて生まれてきた子供なの。だから、わたくしは、この子のための最善の道を、この子のために用意してあげなければならいの……緋陵姫と、そう約束したのだから……」

そのために考えて、考えて、考えて——。

ここに来たのだと告げた少女に。

衝撃から十分に覚めたとは言いがたいマンスラムは、それでも必死に知恵を絞った。

燦華の告白を聞いた瞬間、彼女が、この言葉のみで、すべてを説明したと認識していることを肌で感じ取ったからである。

ここをなあなあで頷《うなず》こうものなら、燦華は勝手に説明責任を果たしたものと勘違いして、永遠に知りたい真実にはたどり着けない。

だから、マンスラムは必死に意識を沈静化し、燦華に事情の説明を求めたのだ。

「待ってちょうだい、燦華。一を聞いて十を知るあなたたちには理解しがたいでしょうけど、人間はそこまで理解力も想像力も十分に備わってはいないの。どうして、乱華がそんな姿になったのか、その子をどうして、あなたがわたしたちに委ねるつもりになったのか……わたしには想像がつかないの。だから、どうか……教えてちようだい？」

マンスラムのこの言葉に、燦華は一瞬苦しげな顔をしたが、結局のところ頷いた。

「短くはない話になるのだけど」

構わないかしら？

尋ねた燦華に、マンスラムの答えは、

「どれだけ長くなっても構わないわ」

だった――。

2

燦華《さんげ》と緋陵姫《ひりようき》と乱華《らんか》の三人が、しばらくイズウェルの地に滞在することを決めたのには理由があった。

燦華を扉とする泥闇《でいあん》の海にたゆたう存在の欠片《かけら》——穢禍《あいか》のひとつがその地に在《あ》ったからである。

世界に腐食《ふしよく》をまき散らし、喰《く》らい尽くす存在でしかない泥闇——穢禍。

世界を滅ぼすに足る力を持つその存在を、燦華も緋陵姫も乱華も、看過《かんか》することはできないと思っていたし、その決意に変わりはない。

だが、イズウェルの穢禍は——ウィールは、従来の穢禍とは違う言動に走ったのだ。

腐食をまき散らす自身を厭《いと》い、誰も傷つけたくないと願い、老いた男の傍《かたわ》らで、世界を傷つけることなく、共に生きていきたいと望んだ。

穢禍は穢禍だ。

世界そのものを喰らい尽くす欲望を、根に持つモノだ。

彼らに、世界を傷つけずに生きることも、自《みずか》らの食欲を制御する術《すべ》も求めることは難しい。この世界は、彼らにとって、無限に広がる糧《かて》でしかないのだから！

だが、その性《さが》を持ちながら、イズウェルのウィールは、必死にその性に逆らい続けているのだ。

触れるもの皆腐食させ、触れる者皆命を奪う——そんな自身の本能ゆえに、世界から孤立してしまい、どうしようもない孤独に見舞われた彼を、たったひとりの、老いた人間が受け入れてくれたからこそ。

老いた男の名はオルガルという。

ウィールは彼に触れることはできない。

触れた瞬間に、オルガルの命を奪うからだ。

けれど、ウィールはオルガルと関わりたかった。ウィールが知らぬあれこれを、オルガルは彼に教えてくれた。そんな存在は、ウィールにとって、オルガル以外にはいなかった。

だから、ウィールは必死に考えたのだ。

触れたら、オルガルを殺してしまう。

だから、絶対に触れてはいけない。

でも、触れて相手を喰らわないと、相手の考え方がわからない。

駄目《だめ》だ、オルガルはたったひとりしかいない。彼を喰らってしまったら、また自分はひとりぼっちになってしまう。

それは、いやだ。

どうしても、いやだ。

そうして、ウィールがたどり着いた答えは、オルガルのそばで、けれど決してオルガルに触れることなく、オルガルの有り様を学ぶこと、だった。

学ぶとは言っても、人間のオルガルと、穢禍のウィールでは勝手が違う。

オルガガルのやることを、真《ま》っ直《す》ぐに真似《まね》ても、穢禍のウィールではまるで違う結果になってしまう。

オルガガルが枯れ葉を集めて腐葉土《ふようど》を作る。

でも、ウィールが同じようにしても、枯れ葉も土も腐食するだけで毒にしかならない。

どうしてなんだろう。何が違うのだろう。

繰り返し、繰り返し、ウィールは考えた。

そうして見つけたのは、直接枯れ葉や土に触れなければいい、ということだった。

そのことに気づけたのは、オルガガルが土仕事の時に分厚い手袋をしていたからだった。

そうか、分厚い何かで、腐食の気配を遮《さえぎ》れば――。

ウィールはそう思ったけれど、地上にあるどんな素材も、彼の腐食を防いではくれなかった。

ウィールは絶望した。

駄目なのかな。

どうしたって、駄目なのかな？

その時だ。

オルガルが、心地よさげに目を細めて言ったのだ。

『ああ、いい風だな』

と。

オルガルは単に、心地よい風だという感想を述べただけだった。

けれど、彼のその言葉を聞いたことによって、ウィールは『風』を利用することを思いついた。

触れれば壊す。

なら、触れなければいいのだ。

風を媒介《ばいかい》に使えばいい。

問題は、風がウィールの悪食《あくじき》——つまり、触れる対象すべてを喰らい尽くし、腐食させるというものだが——の対象にならないかどうか、である。

結論から言って、風を媒介にするウィールの試《こころ》みは成功した。

風の中にも、微細な生物や小さな植物の種など、ウィールにとって糧となるものが多く含まれていたにもかかわらず、『利用』する上では、何らウィールに問題となる障害は生じなかったのだ。

以前と何が違うのだろう？

ウィールは必死に考えた。オルガルと出会う前は、どんなに何を頑張《がんば》っても、ウィールの望む結果は出なかった。

オルガルと出会っても、簡単には上手《うま》くいかなかった。

けれど、オルガルと出会って、あれこれ自分で考えるようになってから、少しずつだけれど、ウィールは周囲から拒絶されなくなっていった。

それは、とても嬉《うれ》しいことだった。誰にも認められない孤独に、ウィールは死にたくなるほどの絶望を覚えていたのだから。

だから、ウィールは考えたのだ――オルガルに教えられる前と後で、なぜあれほどに自分に優しくなかった世界が、優しくなってくれたのか。

答えは――簡単だった。

身の回り全部が糧と見なしていた頃、世界はウィールを警戒し、誰も近づこうとはしなかった。

オルガルに寄り添い、彼を生かし、自らも変わりたい――そう認識したことで、ウィール自身が変わり、そうして世界も変化したのだ、と。

そのオルガルも、もうすぐ死んでしまう。

そうしたら、その後は、どうすればいいのだろう？

以前は単純に考えていた。オルガルを弔《とむら》えば、その後のことなどどうでもいい、と。

女皇《じょおう》であった少女に身を委《ゆだ》ね、すべてを任せてしまえばいい、と。

けれど、最近になって、ウィールは考えるようになったのだ。

この世界にも、自分のひな形のような存在は生まれ続けているのに、黙って放置していていいのだろうか、と。

結局、その思いを伝えることができたのは、オルガルの魂《たましい》がこの世を去った日のことだったけれど。

※

その日、オルガルは命を終えた。
ウィールに、屋外であれこれ指図している最中のことだった。
突然に、それは起こった。
突然螺旋《ねじ》が外れたかのように、オルガルは動かなくなった。
「オルガル？　オルガル？」
ウィールは必死に呼びかけた。
けれど、返答はなく、ウィールは本能的に、オルガルの命が尽きたことを悟《さと》った。
いやだった。
まだまだ教えてほしいことが、山ほどあるのだ。
こんなところで放り出すだなんて、酷《ひど》い――とすら思った。

けれど、もう、オルガルは何も答えても、教えてもくれなくなってしまった。

完全に物言わぬ存在になってしまったのだ。

ウィールは混乱した。

だって、困った時には、いつだってオルガルが答えをくれていたのだ。

だから、ウィールは間違わない方法を選んでこられたのだ。

そのオルガルが死んでしまった。

どうすればいいのか。

オルガルが死ぬ前なら、できると思っていたことが、彼が死んでしまった今は、
こんなにも難しい。

『ウィールはオルガルと約束した。オルガルが死んだら、ウィールがきちんと葬《ほうむ》ると』

だが、ウィールはまだ、『きちんと葬る』方法さえ、オルガルから教えてもらっていない。

どうすればいいのだろう?

きちんと葬る——弔うと、オルガルと約束したのに、その知識をウィールは持たない。
その知識を持っているのは、今や亡骸《なきがら》と化したオルガルだけだ。
彼の亡骸を喰らえば、彼の知識は手に入る。
彼もそのことを許してくれた。
自分を喰らい、そうして自らの知識も知恵もウィールのものとせよ、と。
けれど、ウィールは……それは嫌だと思ったのだ。
どうしたらいい、どうしたら。
ウィールはその時、思い出したのだ。
「人間も動物も草も木も何もかも……最期《さいご》は土に還《かえ》るものさ」
そう、オルガルが言っていたことを。
彼は生前、何度もそう言ってた。
ウィールも何度も耳にしていた。
繰り返し、繰り返し、聞かされていた。

だから、わかったつもりになっていた。

オルガルが告げた言葉は真実であり、それに従うのが正しいやり方なのだと……そう信じていたのだ。

土に還す──ことはできる。

土を掘って、動かなくなってしまったオルガルを埋めてしまえばいいのだ。

けれど、多分、恐らくだが、それだけでは『葬り弔った』ことにはならない。

土に還すことと、葬ること、弔うことは同じではない。

知識はなかったけれど、ウィールはそう直感的に悟ったのだ。

ウィールは途方に暮れた。

そうして、ウィールは助けてくれるかもしれない存在を、この時ようやく思い出したのである。

「揺りかごの娘……」

泣きそうなウィールの想いそのままに、哭《な》くような風の音を声と見立て、彼は燦華に助けを求めた。

「助けてくれ。教えてくれ。ウィールはオルガルをきちんと葬って弔いたい。だけどウィールはその方法がわからない。どうか……どうか、教えてくれ」

風に乗せたウィールの願いに、燦華は半日も経《た》たぬうちに応《こた》えた。

その時を見据《みす》え、彼女たちはウィールが住まう近隣で待機していたからだ。

「落ち着きなさい！」

真っ先にウィールを叱責《しっせき》したのは、恐ろしいまでに美しい、黒髪黒瞳の少女だった。

ウィールが『揺りかごの娘』と認識していた相手だ。

次いで声を上げたのは、少女と一緒にいる黒髪の女だった。

「お前は、その男を埋めたいのか？　それとも弔いたいのか？」

問いかけられた内容に、ウィールは即答した。

「弔いたいに決まっている！」

と。

ならば、弔うための穴を掘れ。

そう、女はウィールに告げた。

「埋めるためではなく、弔うための……死者を眠らせるための安息の寝床を掘れ」と。

「安息の寝床……」

ウィールは思わずオウム返しに繰り返した。

なぜなら、それこそが、ウィールと属性を同じくするモノすべてが渇望《かつぼう》するものを表す言葉だったからだ。

不意に気づいたその真実に、ウィールは瞬《まばた》きも忘れて、そう告げた女を見つめ、問いかけた。

「ウィールがオルガルのためにそれを願ったら、誰かがウィールのために同じことをしてくれるだろうか?」

答えは冷徹なものだった。

「それはわからない」

無慈悲《むじひ》な女の宣言に、ウィールの心は挫《くじ》けそうになった。

だが、その後を引き取るように、告げられた青年の言葉に、ウィールは希望の光を抱いたのだ。

「お前がオルガルから希望を引き継いだように、お前から誰かが希望を引き継ぐかもしれない。お前の未来を決めるのは、お前次第ということだ。お前の選択次第だ……お前は、結局、どの道を選ぶつもりか？」

ウィールが、主体を求められた瞬間である。

3

彼らとのやりとりの中で、ウィールは戸惑《とまど》いを覚えていた。

ウィール自身気づかずにいた願いや想いが、彼らと言葉を交わす中でどんどん見えてきたからだ。

まず、最初――ウィールはオルガルをどうやって弔《とむら》えばいいのかがわからなかったから、助けを求めたはずだった。

その声に応《こた》えてくれたのは、揺りかごの娘と、その連れである男女だった。

その方法を教えてもらえれば、それで十分だったはずなのに、なぜかウィールの口からは、まったく別の問いが放たれていた。

『ウィールがオルガルのためにそれを願ったら、誰かがウィールのために同じことをしてくれるだろうか？』

ウィールはオルガルさえ弔えば、あとは揺りかごの娘によって泥闇《でいあん》の海に戻ってもいいと思っていたはずだった。

だが、そうではなかった。知らずに抱いていた希望が、思わず口をついて出たのだ。

ウィールは、泥闇の海に戻りたいわけではないのだ、と。

本当は、この世界で暮らして……いつか、この世界に受け入れられて、そうして自分が死んだ時には、オルガルのように弔ってほしい……そんな願いが、胸の奥底にあったのだ。

それと同時に、ウィールにはもうひとつ願うことがあった。

泥闇の海に――自分が生まれ育ったあの海に還《かえ》ること、だ。

否《いな》。正確にはそうではない。

ウィールは大本である泥闇の海が、どうやって形成されたかを覚えている。

『お前は醜《みにく》い』

『お前など存在する価値はない』

『お前ほどおぞましい存在はほかに知らない』

等々──。

自分を否定し、貶《おとし》める言葉だけを投げつけられてきて、自分は……自分の大本である泥闇は生まれたのだ。

醜い、おぞましい、見るに堪えない。

繰り返し投げかけられる言葉によって、泥闇は泥闇となった。

美しい存在を見いだせば、その瞬間に憎悪を抱く。

その美しい何かを、必ず壊さずにいられぬ衝動を植え付けられ、衝動を止める意識すら芽生《めば》えることなく……負の連鎖《れんさ》に囚《とら》われ続ける。

何かを考えるより先に、美しいものへの憎悪が暴走してしまうのだ。

壊せ、壊せ、破壊してしまえ、と。

穢禍《あいか》の欠片《かけら》がこの世界に放たれた時、欠片たちは皆同じ衝動に支配されていた。

それはそうだ。

泥闇の海にたゆたう本体は、それ以外の念を持たぬ存在なのだから。

ウィールもまた、その泥闇の欠片だった。

けれど。

ウィールは、この世界に触れて、初めて憎悪による飢餓《きが》感以外の感情を覚えたのだ。

それは淋《さび》しさであり、人恋しさであり、誰かと触れあいたいという切なる想いだった。

誰もウィールのこの想いに応えてくれなかったら、ウィールは本体である泥闇と同じく、自《みずか》らを受け入れてくれない世界を呪《のろ》い、憎悪のままに世界を喰《く》らい尽くすことを選んだかもしれない。

いや、きっとそうなっただろう。

けれど、この世界には……この地には、オルガルがいて、彼はウィールに手を差し伸べてくれたのだ。

誰もそばに来てくれない。

そばに寄ろうとすると皆が怖がって逃げていく。

ウィールは孤独だった。触れるもの皆喰らい尽くす性《さが》ゆえに、ウィールは孤独であることを強《し》いられた。

そんなウィールに、手を差し伸べてくれたのがオルガルだったのだ。

触れた瞬間にも、自らの命を奪い去る――恐ろしいだけの存在であるはずのウィールを、オルガルは受け入れてくれた。

触れるもの皆傷つけて、自らも傷つくウィールに、オルガルは丁寧に傷つかないための最低限の約束を教えてくれた。

そう、オルガルはウィールに、世界を傷つけない方法そのものを教えてくれたわけではなかった。

そんなものは、オルガル自身が知らなかったからだ。

オルガルは、自身の知識をウィールに与えることによって、ウィール自身に考えることを覚えさせたのだ。

そうして、ウィールは自ら考えることを学んだ。

オルガルや世界を傷つけることなく、この世界に触れあう術《すべ》を。

※

ウィールの精神は、まさにふたつに引き裂かれつつある状況にあったのだ。

泥闇本体が抱く『この世界を喰らい尽くしたい』という想いと。

ウィール自身が覚えた『この世界と寄り添いたい』という想いとの間で。

相反する願いと想いに、ウィールは戸惑うことしかできず、それでもまずは、とオルガルを弔うために必要な情報を得ることを優先した。

この先、自分がどんな未来を選ぶにしても、まずはオルガルを安息の眠りにつかせてからのことだと、ずっと前から決めていたからだ。

ウィールは、オルガルの安らかな眠りを念じながら、彼を葬《ほうむ》るための穴を掘った。

そうしてオルガルの遺体を真白の布に包んで穴に埋めた。

その時に唱《とな》えた言葉は、澄《す》んだ緑の双眸《そうぼう》の女が教えてくれたものだった。

「どうか、どうか、安らかに眠って」

簡単というか、単純な言葉だった。

あまりに単純すぎて、ウィールは、本当にこんな言葉でオルガルを弔えるのだろうか、と疑ったほどだった。

けれど。

「どうか、どうか、安らかに眠って」

そう繰り返した瞬間――。

病魔に苦しめられて最期《さいご》を迎えたオルガルの遺体から、苦痛や苦悶《くもん》の気配が、きれいさっぱりなくなったのである。

残されたのは、綺麗《きれい》に浄化されたオルガルの体だった。

それが堪《たま》らなくウィールには嬉《うれ》しかった。本当に、本当に嬉しくてありがたくて
――何度も何度も、彼は同じ言葉を繰り返したのだ。

「どうか、どうか、安らかに眠って」

まるで、呪文《じゅもん》のように――。

※

燦華《さんげ》と緋陵姫《ひりょうき》、乱華《らんか》の三人は、イズウェルの地を後にした。

穢禍であるウィールの懸念《けねん》は一応の解決を見たと思えたからだ。

とはいえ、それは完全ではない。

ウィールであった穢禍の大部分は、燦華によって回収されたのだが、ほんの小さな部分は、イズウェルの地に残っているからだ。

最初は、燦華も含め、誰もそんなことを認めるつもりはなかった。

地上に残された穢禍の回収は、この世界の平穏のためには喫緊《きっきん》に為《な》さねばならぬことだったからだ。

穢禍は世界を滅ぼす禍《わざわい》である。

ウィールという例外的な存在が生じたといっても、その本質は世界を侵食するモノであることに変わりない。

ウィールに例外的に情けをかけることになったのは、彼を変化させるきっかけともなったオルガルの余命が短かったことによる。

ウィール自身の望みが、もしも余命十数年という状態のオルガルが対象であったなら、彼女たちは認めることはなかっただろう。

だが、オルガルは余命幾ばくもない状況にあった。

だから、その短い時間の自由を、ウィールに認めてやろうと思ったのだ。

この男の命は長くない。

ならば、その命が尽きるまでぐらいは、待ってやってもよかろう、と。

そんな軽い気持ちで、三人はその時を待っていたのだ。

だが、オルガルの命が尽きた時――ウィールが上げた悲痛な声に、緋陵姫が心を動かされたのだ。

ウィールは……この世界を破壊するためだけに生まれた存在の欠片のはずだった。

この世界に触れ、オルガルという存在と深く知り合い、変化が生じていたことはわかってはいた。

だが、ウィールがオルガルを喪《うしな》った瞬間の悲鳴を聞くまで、緋陵姫はウィールがどれほどにオルガルに……この世界に、心の重きをおいていたのか悟《さと》れなかったのだ。

否。

燦華と緋陵姫、乱華の三人の中で、一番敏感にそれを悟ったのが緋陵姫だったのだ。

なぜなら、彼女だけが知っていたからだ――孤独に母チェリクの亡骸《なきがら》を弔った時のラエスリールの記憶を。

『お父様を呼んできてちょうだい』

そうチェリクに告げられ、ラエスリールは即座に頷《うなず》いた。

そうして喉《のど》が嗄《か》れんばかりに父である王蜜《おうみつ》の妖主《ようしゅ》を呼びながら、彼女は山中を彷徨《さまよ》った。

後《のち》に思えば、チェリクはラエスリールを襲来《しゅうらい》する魔性《ましょう》から遠ざけたのだとわかる。

ラエスリールを護《まも》るために、彼女を遠ざけたのだと。

それは、確かに成功したのだ。

声を嗄らして父を呼んだけれど、答えはなく、疲れ果てて戻った家に、生ける母の姿はなかった。

在《あ》ったのは、母の亡骸。

緋陵姫だけが——ラエスリールの命の分身たる存在である彼女だけが、当時のことを知っている。

傷つけられた母の遺体を、ラエスリールはひとりで葬った。

墓とするための穴を掘り、母の体をなけなしの白い布で包み——埋めて。

土をかけて。

その間、ずっと繰り返した言葉は。

『安らかに……どうか、安らかに、母様、眠って』

安らかに、どうか、安らかに。

緋陵姫はその事実を知ってはいたけれど、実感として認識してはいなかった。

ウィールにその言葉を伝えた時も、それは同じだった。

けれど。

ウィールが、緋陵姫に教えられた言葉を、祈りをもって口にした瞬間——。

穢《けが》れの結晶である穢禍が、祈りを繰り返すことによって。

穢れが徐々に昇華《しょうか》され、穢禍であるはずの存在が、何か別の存在に変化する……

変化し得る可能性を確信したのだ。

そうして、事実——。

ウィールは穢禍でありながら、穢禍とは呼べない存在に変化したのだ。

触れるものすべてを喰らい尽くす存在であったはずのウィールは、オルガルを弔うために繰り返した言霊《ことだま》ゆえに、違う存在へと本質が変わったのだ。

他者のために祈ること、願うことを知り、そのための言葉を繰り出すことを覚えたウィールは、最早穢禍とは呼べぬ、別の存在に成り変わっていたのだ。

触れるものすべてを糧《かて》とする業《ごう》から、ウィールは解放された。

糧としたい、糧としても構わない——彼自身がそう判断したモノのみを糧と見なし、選んで糧とする。

オルガルとの時間を共有することで、彼は人間を含む世界から拒絶されない糧の選択を学習した。

人間も動物も植物も……今生きている存在は、誰かの糧となり殺されることは望まない。

命あるものは、みな必死に生きているからだ。

それを理解した瞬間、ウィールは必死に自らが糧としてよいものはないか――考え、追求していったのだ。

彼の追求は未《いま》だ途上だ。

だが、単に、触れたものすべてを喰らい尽くすことで腐食《ふしょく》させる――そんな本能に、真っ向から対抗する覚悟を彼は示した。

この世界と共存する道を。

泥闇の欠片である穢禍の欠片が求めようとしたのだ。

その事実に、最も衝撃を受けたのは、彼らに『揺りかご』と称された燦華だった。

彼女にとって、泥闇や穢禍の記憶は苦いものでしかない。

知らぬ間に、泥闇がこの世界に噴出するための『扉』に設定されていたこととか、勝手に設定を無視して飛び出して暴れ回ってくれたこととか、その際に自分を支配してくれたこととか……本当に、いろいろだ。

「わたくしは別に、責任逃れのために皇《おう》の座を退《しりぞ》いたわけではなかったのだけれど……何というか、やれやれな気分だわ」

それでも、彼女は仕方ないとばかりに現実を受け入れるのだ。

「泥闇もウィールも知ったことではないと思っていたけれど……あんな声を上げられたのでは、仕方ないわね」

と。

呪詛《じゅそ》の声しか上げない泥闇など、燦華にとっては邪魔《じゃま》なものでしかなかった。

けれど、ウィールが……彼女にとっておぞましい繋《つな》がりの緒《お》でしかないはずの存在が。

オルガルという人間によって救われ、その可能性を提示してきたのだ。

「認めざるを得ないというのは……なんだか口惜《くや》しいわね」

そうぼやいた燦華に、緋陵姫は苦笑まじりに問いかけたのである。

『それで、どうなさいます？』

その答えは——。

4

スラニカの穢禍《あいか》は追い詰められていた。

一度はスラニカの街の上下水道を拠点《きょてん》として、街全体の支配に成功したと思ったのだが、思いがけぬ人間の反撃に傷ついたのだ。

未《いま》だに、スラニカの穢禍は、なぜ自分が傷ついたのかがわからない。

たかだか、豆の礫《つぶて》を投げつけられただけなのだ。地上にあるすべての存在は、自分の糧《かて》となるもののはずで、そうでなければいけないわけで——なのに、なぜ、その絶対が崩れたのか、スラニカの穢禍には理解できずにいた。

人間の、穢《けが》れを祓《はら》う観念や信仰《しんこう》が、単なる物体に力を与えるということを、スラニカの穢禍はまだ理解していなかった。

だから、スラニカの穢禍は、ひたすらに過去の記憶を辿《たど》ることで、その原因を見つけるしかないと思ったのだ。

スラニカの穢禍は過去を辿る。

世界に飛来した穢禍のほとんどは、泥闇《でいあん》の海の表層を漂う部分であったのだが、スラニカの穢禍だけはそうではなかった。

彼は、泥闇の根源ほどに古くはなかったが、揺りかごの娘たる存在を設定され、執着すべしと植え付けられた存在だった。

揺りかごの娘という存在は、スラニカの穢禍にとっては特別であり、彼女がいずれ自分を回収した後《のち》、泥闇すべてを世界に開放するというのは、彼にとっては絶対の道筋であったのだ。

だから、彼はどれほど不利な状況にあっても諦《あきら》めようとはしなかった。

揺りかごの娘さえ、自分を見つけてくれれば……あとは勝利が待つだけだと、固く信じて疑っていなかったからだ。

泥闇は揺りかごの娘を完全に保持しており、揺りかごの娘は泥闇の海の総意には決して逆らうことはできない。

そう、信じていたからこそ、スラニカの穢禍は揺りかごの娘——燦華《さんげ》との邂逅《かいこう》を心待ちにしていたのだ。

が。

おかしい、とスラニカの穢禍は思った。

揺りかごの娘が、揺りかごの娘としての務めを忘れていなければ、自分はとっくに回収されていなければならないはずだ。

待っている。

ずっと待っているのに、揺りかごの娘はまだ来ない。

自分はこんなにも待っているのに！

何故、来ないのか。

来る気がないのか。

それとも、揺りかごの娘を妨害する何かが存在するのか。

そう思った時、スラニカの穢禍はひとつの存在を思い出した。

自分たち――穢禍と泥闇――と、揺りかごの娘たる燦華の間に立ちふさがる邪魔《じゃま》な存在があったことを。

本来なら自分たちこそ重視されなければならない状況であるにもかかわらず、揺りかごの娘が他者を優遇《ゆうぐう》したことを。

揺りかごの娘は自分たちを差し置いて、そばにいる邪流の存在に惑《まど》わされている。

彼女が偶然冥《めい》の海《うみ》から拾い上げた、異端の存在に。

それはスラニカの穢禍にとって許しがたい暴挙だ。

絶対に糺《ただ》さなければならない正義だ。

この正義だけは、絶対に、決して放置するわけにはいかない。

では、どうすればいい?

どうすることが、正解となるのか?

スラニカの穢禍は考えた。

答えはすぐに出た。

排除するしかない、と。

自分と揺りかごの娘の関係を邪魔する存在は、両者にも邪悪なモノでしかない。

そのはずだ。

だが、揺りかごの娘はその異端の女に惑わされている。

ならば、自分がその誤《あやま》りを正さなければならない。

揺りかごの娘に誤認を与える元凶を、自分こそが滅ぼさなければならないのだ。

そうしてこそ、世界は正常なものへと変わるはずなのだ。自分やその大本である泥闇が今ある世界を喰《く》らい尽くして、その後に揺りかごの娘が、自分たちにとって快適で苦痛のない新たな世界を創世する。

それこそが……その道こそが、正しい未来の、世界のありようなのだ。

今のような、たかだか人間が投げる豆の礫に怯《おび》える日々が正しいはずがない。揺りかごの娘が正常な判断を取り戻したら、すぐにも世界は反転する。

そのために――自分たちにとって望ましい世界を構築するためには。

どうしても、あの女が邪魔だ、と――スラニカの穢禍は判断した。

揺りかごの娘たる燦華の傍《かたわ》らにいる女――一度冥の海に落ちたはずだというのに、

なぜかいつまでもこの世に残り続けて、彼女に影響を与え続けている女。

そう……緋陵姫《ひりょうき》と名乗っていたか。

あれが、邪魔だ、とスラニカの穢禍は思った。

彼より下位にあったイズウェルの穢禍の選択など、スラニカの彼には関係なかった。

あれが、邪魔だ、とスラニカの穢禍は判断した。

あれさえ消せば、揺りかごの娘は戻ってくる。

揺りかごの娘さえ取り戻せば、この世界を好きにできる機会はまた巡ってくるに違いない。

そう、揺りかごの娘をこちら側に引き戻せば、まだ逆転は可能なのだ。

……それは、すでにあり得ない道なのだが、スラニカの穢禍はそう信じた。

燦華が世界改変のための『破壊の鍵《かぎ》』を自《みずか》ら放棄した時点で、穢禍や泥闇が願う世界が広がる可能性は消失したのだ。

だが、スラニカの穢禍には、どうしてもその事実が受け入れられなかった。

まだだ。

まだ、終わっていない。

繰り返し、自分に言い聞かせるために、スラニカの穢禍は、憎むべき絶対の何かという存在を求めたのだ。

それは、揺りかごの娘のそばにいる女だ。

その女だけを引き寄せることは可能だろうか——？　スラニカの穢禍は即座に答えを導きだした。

否《いな》、だ。

ならば、揺りかごの娘ごとなら、おびき寄せることは可能だろうか、と。

スラニカの穢禍は考えた。

世間を驚かすほどの猛威《もうい》を振るうだけの力は、すでに穢禍にはない。

それでも世界の空気を逆転させるなら——。

穢禍の側に立たないと決断した女皇《じよおう》——燦華にそう決断させた元凶を排除する。

それしかない。

だが。それはとても厳しい条件だった。

燦華が近くに立ち寄ってくれなければ、そもそもが成立しない。

『悪を討つ豆』の攻撃によって、スラニカの穢禍はすでに力を失いつつあった。

このままでは、早晩力を使い尽くす――。

ならば、地元の人間に豆を使わせず、揺りかごの娘たちを呼び寄せるしかない。

どうすれば、いいのか？

スラニカの穢禍は、屈辱《くつじょく》的な方法を、あえて選んだ。

泥闇の中に在《あ》って上位にあるスラニカの穢禍が、あえて下位と見下げるイズウェルの穢禍を通じて、揺りかごの娘に、来訪を望んだのだ。

※

「呼んでいる」

そう燦華に告げたのは、泥闇の海に還《かえ》ることで、その思考を変えたいと願ったウイールの一部である意識だった。

「呼んでいる……ウィールと揺りかごの娘を。来てほしいって……あっちのほうから」

ウィールは世界の地理に詳しくはなく、だから彼が示した方向は曖昧《あいまい》なものだった。

だが、その示した方向は、ぴたりとスラニカに合致し、燦華は即座に頷《うなず》いたのだ。

穢禍は、基本的に回収しなければならない。彼らは本来は、この世界を破壊するモノでしかないからだ。

だが、世界に触れ、人間に触れ、変化したウィールという存在もある。

スラニカの穢禍が現在、どういう立ち位置にあるのか、確認するためにも、相手から呼ばれているというのは好都合だ。

早速、三人はスラニカに向かうことにした。

ところが、だ。

その決定を燦華が下した時に、乱華《らんか》がひとつの提案——というか、頼み事に近いことを言い出した。

「ここからスラニカに行く途中で、少しだけアルシュガル草原の近くで、時間を取れないだろうか？」

と。

燦華が訝《いぶか》しむ一方、緋陵姫は「ああ」と頷いた。

アルシュガル草原は、乱華と緋陵姫が初めて穢禍に出会った場所であり、同時に人間にしかできぬ穢禍撃退法をつきつけられた土地だったからだ。

「確かに、あの土地はわたしたちにとって趣《おもむき》深い土地だったな」

緋陵姫がそう言ったのに対して、しかし乱華は頭を振った。

緋陵姫と乱華の認識にずれが生じることなど、それまでほとんどなかったことだったから、これには緋陵姫も燦華も驚いた。

そうして、どういうことなのかと尋《たず》ねたふたりに——正確には、燦華の問いかけには答えず、緋陵姫に尋ねられて渋々答えたという体《てい》だったのだが——乱華が返した言葉というのは。

「別に、必ずというわけではありません……が。できるなら、確認しておきたいことがあるというか……様子を知っておきたいというか……そういう対象が……」

いる、と言い切るには躊躇《ためら》いがあるのか、尻《しり》すぼみになった彼の願いを読み取ったのは、つきあいの長い緋陵姫だった。

「そうか……ウィスラとヤンヴァの現状を知りたいんだな」

いつもであれば、即座にそうだと頷いたはずの乱華だが、この時だけは。

反応が違ったのだ。

「いいえ」

その時、乱華ははっきりと、彼女たちに否定の考えを示したのだ。

そうして、彼は告げたのだ。

「わたしは、今のウィスラとヤンヴァの話を聞きたいのです」

乱華の願いは聞き届けられた。

三人は、ウィスラとヤンヴァの話を聞くためだけに、彼らの住《す》み処《か》を訪れたのである……。

※

ヤンヴァは香草を摘《つ》んでいた。

肉の臭みを消すその香草は、今夜の夕食に必要だったからだ。

周囲には誰もいない。

おじいさんは麓《ふもと》の街に出かけているし、もうひとりの同居人であるウィスラは山《や》羊《ぎ》の放牧から、まだ戻っていないからだ。

ひとりきりで、家の外に出て、行動する。

できる。

それが可能になったのは、ここ半年ほどのことだった。

それまで、ヤンヴァは、怖くてひとりきりでは家の外に出ることもできなかった。

彼女には、どうしても忘れられない記憶がある。

母と共に故郷から逃れて安息の地を目指している途中、あまりにも理不尽で恐ろしい経験に晒《さら》されたのだ。

隣を歩いていた母が、突然倒れて、異様な何かに変化してしまった。

その何かは、ぶくぶくと膨れあがって、自分も食べられてしまうと思った……いや、そうなるとしか考えられなかったのだ。

だから……恐ろしさのあまりに、ヤンヴァは気を失ってしまったのだ。

覚えている最後の記憶は、死んだらどんな場所に行くんだろう――そんなふわふわした疑問だった。

目の前に迫った死が恐ろしすぎて、死んだあとのことに期待するしかなかったのか……「ああ、死ぬ」と思った瞬間、どうでもいいと思ったのか――。

どちらとも知れない。

けれど、ヤンヴァが意識を取り戻した時、そこにはウィスラとおじいさんの顔があった。

彼らはヤンヴァとは、何の縁もなかったのに、ただヤンヴァの命が助かったことを喜んでくれたのだ。

「よかったな、よかったな、命が助かってよかったな」

「生きていることが何よりだ」

正直なことを言えば、最初は、彼らの言うことを、ヤンヴァは素直には受け入れられなかった。

だって、お母さんはあんな酷《ひど》い目にあったのだ。

自分ももの凄《すご》く恐ろしい想いを味わった。

生きてさえいればいいだなんて、あの頃は到底思えなかった。

生き延びることはできたけれど、ヤンヴァは長いこと、ウィスラかおじいさんと一緒でなければ、外に出ることもできなかった。

だって、怖い——怖いのだ。

自分ひとりで外に出た時、あの恐ろしい化け物が襲《おそ》いかかってきたら？

怖くて怖くてたまらなくて——その恐怖にウィスラを長いことつきあわせてしまった。

正直なところを言えば、今だって、本当はまだ怖い。

けれど――。

まだ、恐ろしいという想いを殺せないけれど――。

でも、ヤンヴァは外に出ることができるようになった。

それは――。

「おーい、帰ったぞ！　腹減った！　夕飯はなんだ？」

十頭あまりの山羊を引き連れて帰ってきた――ウィスラのおかげなのだ。

※

「ウィスラ！」

彼の帰宅に、ヤンヴァは顔を輝かせた。

もう、何十回どころか何百回も、彼から同じ台詞《せりふ》を聞いているのに、そのたびに安堵《あんど》し嬉《うれ》しくなるのはなぜなのだろう。

最初の頃は、違っていた。

「ただいま。起きてるか？」

だった。

ヤンヴァは、母を失ったショックで数日眠り続けていたからだ。

目が覚めたら、今度はウィスラはこう言い出した。

「ただいま！　少しは動けるようになったか？」

と。

母を亡くした時の、衝撃的な光景が脳裏《のうり》に刻み込まれていた彼女は、そのことを思い出すたびに身動きできなくなったからだ——恐怖のあまり。

次にウィスラが告げたのは、少しずつでも動くことを始めたヤンヴァを褒《ほ》める言葉だった。

「ただいま！　凄いな、配膳《はいぜん》したのお前なんだって？」

輝くような笑顔でウィスラに言われると、ヤンヴァはもう少し、もう少しだけ頑《がん》張《ば》ってみようという気になった。

だから、勇気を出して、菜園の野菜を摘んできたら、

「これ、ヤンヴァが摘んできた野菜だって？　美味《おい》しいよ！」

と言ってくれた。

それがまた嬉しくて、もう少し頑張ってみようかと思った。

そうして、最初はサラダを作って、それから和《あ》え物《もの》に挑戦して――。

そのたびにウィスラが「美味しい、凄い」と言ってくれたので、ヤンヴァはどんどん頑張る気になれたのだ。

その積み重ねがあって、ヤンヴァはようやく『当たり前に毎日を暮らす』ことができるようになったのだ。

一番最近の、ウィスラがヤンヴァを励《はげ》ます言葉が、

「ただいま！　腹減った！　今夜の飯はなに？」

だ。

その言葉を聞くと、ヤンヴァは安心する。

けれど、その日――。

ヤンヴァはその言葉を聞きながら、ばくばくと心臓《しんぞう》が暴れるような危機感と不安

を覚えた。
ウィスラが、見知らぬ人物を客として招き入れたからである――。

5

ウィスラが連れてきた三人を目にした瞬間、ヤンヴァは衝撃に胸がばくばくして、意識を失ってしまうのではないかと思った。

その理由はものすごく単純なものだったけれど、彼女にとってはとてつもなく衝撃的なものだった。

ウィスラが連れてきた三人は三人とも、ヤンヴァの目には、とても同じ人間とは思えないぐらい綺麗《きれい》な……綺麗すぎるひとたちだったからだ。

ひとりは眩《まばゆ》い太陽の光を紡《つむ》いだような髪と、春の新緑の双眸《そうぼう》を持つ若い男性——このひとだけでも、目にした瞬間、言葉を失うこと請け合いだ。

なのに、その傍《かたわ》らにいるふたりの女性も綺麗すぎた。

ふたりとも、艶《つや》やかな漆黒《しっこく》の髪は同じ——瞳《ひとみ》の色は違うけれど……若草色の瞳の女性も、夜の闇《やみ》色の瞳の彼女も——ヤンヴァにとっては同じくらいに綺麗に感じられて。

そうして、同じほどに恐ろしく思った。

彼らは、美しすぎたのだ——ヤンヴァが恐ろしさを覚えるほどに。

けれど、ウィスラはそうではない様子だった。

気軽に三人を家に招き入れて、ヤンヴァに茶をいれてくれ、と言うのだ。

ヤンヴァは怖かったけれど、彼の言葉に従った——出会って以来、彼が彼女のためにならないことをしたことなどなかったからだ。

それに、茶をいれている最中に、ヤンヴァをさらに安心させる存在が現れてくれた。

この家で一番偉いおじいさんが、ちょうど休憩のために戻ってきたのだ。

おじいさんは、三人を見た瞬間、驚いたように一瞬目を瞠《みは》ったけれど、すぐにいつもの落ち着いた表情に戻って、それからウィスラに問いかけるような目を向けた。

無言の問いかけに、ウィスラがこくりと頷《うなず》いた。

ヤンヴァにはわからなかったけれど、それでおじいさんは何かを悟《さと》ったように、神妙な面持《おもも》ちになったのだ。

そうして、おじいさんはヤンヴァを呼んで、皆が席に着くように言った。

正直なところを言えば、ヤンヴァは彼らと同じ場所にいるのは怖かった。客人である三人はあまりにも綺麗すぎて……同じ人間だとは思えなくて。

そんなヤンヴァの心を見抜いたように、おじいさんは三人の客人に向かって、こう告げたのだ。

「話を聞く前に、ひとつだけはっきりさせておこう。お前さんたちは、おれたちとは違う……人間とは違うお人たちだろう?」

と。

その問いかけに、ヤンヴァは息を呑《の》んだ。

目の前の三人が、人間ではない――それは、何を意味するというのか。

ばくばくと、心臓《しんぞう》が暴れて暴れて――答えを聞くのが恐ろしかった。

そうではない、自分たちは人間だと、彼らが答えたら、ヤンヴァは少しだけ安心できたかもしれない。

けれど、ヤンヴァ自身が感じる違和感ゆえに、その答えを信じることができたかどうかは定かではない。

では、おじいさんの追及に、三人が肯《がえ》んじたら……自分たちは人間ではないと認めたら、その時ヤンヴァはどう感じ、反応したのだろう？

なにもかもが未知のことで、ヤンヴァは三人の答えを待つしかなかった。

その答え次第で、何がどう変わるのか――ヤンヴァ自身ですら、答えの欠片《かけら》ひとつも持ち合わせてはいなかったのだ……。

そうして……何も準備のできていないヤンヴァとウィスラの代わりに、問いかけてくれたおじいさんの言葉に。

三人の中で、最も年少に見える――黒髪黒瞳の少女が、「ええ」と頷いた。

「わたくしたちは真名《まな》を持つ者。いろいろな呼び方をされているようだけれど、わたくしたちに当てはまる言葉はないので――」

真名を持つ者——それはどういう意味だろう。

ヤンヴァは首を傾《かし》げたが、口を開ける雰囲気《ふんいき》ではなかった。

おじいさんには意味がわかったのか——ゆっくりと頷いた。

「その真名とやらは尋《たず》ねんことにしよう。お前さんたちの力とやらを、我が身で確かめたくはないからな。さて、話を聞く前に、礼を言わせてもらおう。孫とヤンヴァを恐ろしい穢《けが》れから救ってくれたこと、心から感謝する。お前さんたちのおかげで、おれは孫を失わずにすんだばかりか、もうひとり孫娘を貰《もら》ったようなものだからな」

おじいさんの言葉に、ヤンヴァは胸の奥が熱くなった。

この家で目が覚めて以来、おじいさんは彼女とウィスラを分け隔《へだ》てなく可愛《かわい》がってくれたことは知っている——けれど、どこかで不安があった。

自分がいることで、おじいさんやウィスラの迷惑になっているのではないか。

優しい人たちだから、何も言わずにいるけれど、本当は自分のことを負担に感じているのではないか。

だとしたら、一日でも早く、この家を出て行かなくては――ずっと、その不安が消えなかったから……おじいさんの言葉が、涙が出るぐらい嬉《うれ》しい。

「礼を言うのはこちらのほうですよ」

もうひとりの黒髪の女性が、やや低めの声で答えたのは、ヤンヴァが俯《うつむ》いた時だった。

「正直、わたしたちには、あの穢れ……穢禍《あいか》に対応する術《すべ》がなかった。ウィスラに教えてもらったようなものです。雷《かみなり》は神の怒り、塩は穢れを浄化する……我らにはない観念でしたから。彼にそのことを教えたのはあなたですね？」

その問いに、おじいさんは驚いたように目を瞠った。

「息子たちにさえ、迷信だと笑われたんだが……本当に、効果があったのか……」

この言葉に、黙っていられなかったのはウィスラだった。

「酷《ひど》いな、爺《じい》ちゃん。爺ちゃんも信じてないこと、おれに教えたのかよ！　雷が穢れを滅ぼすって信じてたから、おれは兄ちゃんたちに、バンバン撃ってくれって頼んだのに！」

「ウィスラが信じていたから、効果があったのだ。人間は無力と言われるが……確かにそれは事実だが、一方で我らにはない不思議な力がある。それは信じていい」

　金髪の青年が、諭《さと》すようにそう言うと、ウィスラは「そうなのか？」と問い返した。

「本当だ。わたしたちがいくら雷を放っても、お前が一緒でなければ、なんの効果も発揮《はっき》できなかった。塩のこともだ……お前たちは、信じることによって、穢禍を退《しりぞ》ける力を得るのだよ……そのことを忘れないでほしい」

　黒髪の女性が、穏やかな口調でそう告げると、ウィスラはあっさり「それならいいや」と納得した。

　ここで、口を挟んだのはおじいさんだった。

「……もしかして、その穢禍とやらいう穢れは、この先また現れる可能性があるのかね？　そのことを伝えるために、お前さんたちは来たのかね？」

　穢禍――穢れ。

　お母さんを殺して酷い姿にした――あの恐ろしいモノ。

あれが、また現れる……？

恐怖に胸が締めつけられる。

思わず目を瞑《つむ》り、拳《こぶし》を握りしめたヤンヴァの頭に、ぽんと温かい手が置かれた。

ウィスラの手だ——大丈夫だと言われているようで、彼女はこくりと頷いた。

「穢禍はどこでも生まれます。あれは負の感情や要素が凝《こ》った存在なので……ただ、よほどのことがない限り、自《みずか》ら動き、糧《かて》を求めるようなことはないでしょう。けれど、その可能性は完全にないとは言い切れない。だから、古くから語り継がれてきた伝承の類《たぐい》を、お前たちには途切れさせることなく、次代へと伝えていってほしいのだよ。いつの日か、穢禍が再び現れた時、それがお前たちの家族や子供たちを護《まも》るための力となるから」

黒髪の女性の言葉に、ヤンヴァとウィスラは大きく頷いた。

いつか、自分たちが味わったような恐怖を、誰かが味わわずにすむように——もし仮に同じような目にあったとしても。

絶望に打ちひしがれずにすむように。

伝えていくことを胸に誓う。

おじいさんが、意外そうな声を上げたのは、その少し後だった。

「伝え聞く分でしか、『真名を持つ者』とやらの話は知らないが……確か、人間のことなど歯牙《しが》にもかけておらんのではなかったかな？　そんなことを忠告するために、わざわざこんな僻地《へきち》まで足を運んでくれるとは、お前さんたちは変わり種というやつかね？」

面と向かって口にするのは、いささか失礼なおじいさんの言葉に、声を上げて笑ったのは黒髪黒瞳の少女だった。

「わたくしたちが多少変わっているというのなら、それは、とびきりの変わり種と関わってしまったせいでしょうね！　何しろ我らと人間が共存する未来を、本気で信じて……願っている変わり種だから」

ヤンヴァとウィスラには、それのどこが変わっているのかわからなかったが――おじいさんには通じたらしい。

「それはまた、本当に変わっているな。お前さんらの知り合いらしいが、何者かね」

その答えは簡潔《かんけつ》だった。

「真名を持つ者の頂点……女皇《じょおう》と呼ばれる女性だ」

そう告げる青年は、どこか誇《ほこ》らしげだった——。

6

スラニカの街は、重苦しい空気に包まれていた。

街中は閑散《かんさん》としており、人通りもほとんどない。

数少ない人間に、燦華《さんげ》たちが声をかけようとすると、怯《おび》えた体《てい》で逃げていく。

どうにもおかしい――三人は、どういうことなのかと訝《いぶか》った。

「どうして、皆、わたくしたちが近づこうとするだけで、ぎょっとしたような顔をするのかしら？　そうならないために、わたくしたちは顔を隠しているというのに……？」

燦華の疑問はもっともだった。

三人が共に行動するようになって、一年以上が経《た》つが、その際に生じる問題は、常に彼らの容姿にあったからだ。

燦華、緋陵姫《ひりょうき》、乱華《らんか》の三人は、はっきり言って、人間離れした美貌《びぼう》ばかりが揃《そろ》っているのである。

三国一の美女やら、絶世の美貌、傾国《けいこく》の美姫——などという大げさな表現が、大げさでなく通用してしまう……そうした容姿の持ち主なのだ。

無駄に人目を引かぬよう、人間に擬態《ぎたい》しようと思ったこともあったが、この三人にはそのノウハウがなかったため、いずれも失敗したという前例から、魔性《ましょう》である気配だけは抑えて顔を隠すのが最善と思っていたからだ。

上位魔性の気配だけは殺して、ひとまず『綺麗《きれい》すぎる』顔を隠す。

ここ一年ほどで、三人が学習した『目立たずに行動する』やり方だったが、どうやらこの街ではそれが通用しないらしい。

何が拙《まず》いのか、ではどうすればいいのか——。

三人は途方に暮れた。

このスラニカに巣くう穢禍《あいか》の呼びかけに、きちんと向かい合うためには、最低限、この街での三人の拠点が必要なのである。
ひとまず、三人が宿泊できる宿の手配が必須《ひっす》なのだが……その情報を集めること
さえ不可能となれば、三人としては困るしかなく……最悪行使したくなかった、住
人の意識に介入することで、潜り込むしかない。
それしかないか――。
気が進まなくとも、彼らはどうしてもスラニカの穢禍との接触を必要だと思って
いた。
スラニカという街全体に幻覚の術をかけてでも、穢禍を回収するべきではないの
か。
そのための力を発揮《はっき》するべきか否《いな》か――。
燦華がそう考えた時のことだった。
「おい！　お前たち！」
乱暴な声がかけられた。
最初は、自分たちに向けられた声だとは認識していなかった三人だが、「そこの、

頭巾《ずきん》で顔を隠した怪《あや》しい三人！」

と、特定されたことで、ようやく自覚したのだった――。

それでも。

続けて告げられた要求には、三人ともすぐには応じられなかった。

「頭巾を上げて、顔を見せろ！」

濃紺の同じ制服を身につけた男がそう求めたが、男の手には武器となり得る棒が握られており、即座に応じるには抵抗があった。

そもそも魔性とは、力優先の価値観を持つ種族である。

上から目線で挑発されたと感じたら、実力で目にもの見せてやる――そう思わずにいられない属性を持っている。

そのため、その場の空気は一触即発の雰囲気《ふんいき》を孕《はら》んだ。

誰かに譲ることを基本的に知らない乱華と燦華は、この時喜々《きき》として相手からの喧嘩《けんか》を買うつもりになっていたからだ。

それを押しとどめたのは緋陵姫だった。

「わかった」

そう答えると同時に、彼女は自《みず》らの頭巾を下ろし、その美貌を明らかにした。

「これでいいか？」

問いかける彼女に、男は驚いたように目を瞠《みは》ったあと、気まずそうに頷《うなず》いた。

「ああ……いや、念のために、ほかのふたりも頼む」

緋陵姫の美貌の威力と言うべきか、男の語調は明らかに変わっていた。

売られた喧嘩なら喜んで買うつもりであった燦華と乱華だが、男の纏《まと》う空気が変化したことに気づかないわけもなく――さらには緋陵姫に促《うなが》されたこともあり、渋々ながらも頭巾を下ろした。

「自惚《うぬぼ》れていると思われるかもしれないが、我らはこの容姿のせいで、人に絡まれることが多くてな。面倒を避けるために、いつも頭巾を深く被るようにしているんだ。それが、この街では拙かったようだな……」

緋陵姫、乱華、燦華の美貌は、趣《おもむき》は違うものの、それぞれが絶世の、と表現しても大げさではないものだ――緋陵姫の説明に、男が納得しないはずはなかった。

「確かに、あんたたちが三人で並んで歩いてたら、よからぬ輩《やから》に目をつけられるだろうな……だが、この街では、顔は隠さないほうがいい。隠したほうが、確実に面倒の種になるからな」

男は感心したように、三人の顔を見つめながらそう忠告してきた。

「面倒の種？」

どういうことかと、燦華が首を傾《かし》げると、男は幾分声をひそめて――こう答えた。

「今、この街には、顔のない人食いが隠れてるんだ」

と――。

その正体が穢禍であることは、疑うまでもなかった……。

※

ソレは、大柄な男に見えるのだという。

全身をすっぽりと外套《がいとう》に包み、深くフードを被ったソレは、俯《うつむ》いているせいで、顔が見えない。

昼でも夜でも、ソレは現れる——人通りの少ない路地裏や建物の陰《かげ》に。

そうして、人間を喰《く》らうのだ。

スラニカに着いた燦華たちが聞いた『顔のない人食い』とはそういう存在だった。

『三日前にも、ひとり食われた……何でそれがわかるのかって？　酷《ひど》い状態で食い残された部分が見つかるからだよ』

街の住人からその話を聞いて以来、燦華の怒りは収まらない。

「まったく、何を考えているの！」

スラニカの宿の一室に落ち着くなり、彼女は穢禍への不満を吐き出した。

「迎えに来いと言うから、わたくしが出向いたというのに、未《いま》だに人間を襲《おそ》っている、ですって？　わたくしは、これ以上世界の脅威《きょうい》とならぬよう、決して周囲に危害を加えるなと命じたはずよ！　なのに、三日前……だなんて！　本当に、この地の穢禍は何を考えているの！」

命じることだけに慣れている少女は、その命に背《そむ》かれることに堪《たま》らない怒りを覚える——世界は自らに従うものばかりを抱えているわけではないと、知ってはいても、すぐに受け入れられるわけではないのだ。

そんな癇癪《かんしやく》を起こした少女の傍《かたわ》らで、緋陵姫も首を傾げていた。

「確かにおかしい。この地の穢禍は、泥闇《でいあん》の海に戻りたいから、燦華を呼んだはずだ……ならば、彼女の言葉に従うのが筋だろうに……」

姉の疑問に、乱華はひとつの仮定を持ち出した。

「もしかして、この地の穢禍は人間の味を気に入ってしまったという可能性は考えられませんか？　妖鬼《ようき》や小鬼《しようき》にも、人間の肉の味を覚えたせいで、人ばかり襲うようになった輩は多かったはずです」

それは確かに考えられないことではない。

燦華は、街で聞いた話を思い出しながら考え込んだ。

「確か、全身を喰らっているわけではなかったわね。主に臓器《ぞうき》のない遺体が見つかっているとか……あと、頭部も見つからないと言っていたわね」

だから、身元の判明が難しいのだと。

「……マエスカの穢禍は、人間を喰らったことで、人間のように思考することを覚えたといいます。同じことが、この地の穢禍に起こったとしてもおかしくはありませんね。だが、繰り返し人間を襲うということは、マエスカの穢禍とは違い、良心の呵責《かしやく》の類《たぐい》は我が物としてはいないのでしょう。もしくは、まだ何かが足りないと感じているのか……」

その足りないものとは何なのか――。

「知恵、もしくは知識でしょうか。こればかりは、ひとりよりふたり、ふたりより三人と、数を増やすことでより多く取り込むことができる……」

乱華の言葉に、燦華はなるほどと頷いた――彼の言葉に納得させられるのは、正直癪に障《さわ》るのだが、自分では思いつかなかったのだから仕方ない。

「だとしたら、この地の穢禍は、すでに結構な数の人間の知恵や知識を我が物にしているということね。学究心溢《あふ》れると言うべきかしら……？　いいえ、ウィール。これは感心しているのではなく、皮肉っているのよ」

自ら学ぶのではなく、他者から奪い取ることでしか、自らを変えようとしなかった穢禍を、燦華はどうしても好ましくは思えなかった。

とはいえ、そういうことならば、ますますこの地の穢禍を放置しておくわけにはいかなくなった。このまま人を喰らい続けることで、人間の知識や知恵、思考力まで身につけていくとすれば、この上なく厄介《やっかい》な存在になり得るからだ。

幸いなことに、穢禍は自分を呼んでいる——何を考えて、何を欲して、自分の命に逆らうような真似《まね》をしたのか。

尋《たず》ねるのはその時でよい。

燦華はそう思った——この地の穢禍を回収してしまえば、後顧《こうこ》の憂《うれ》いなく、世界中を巡る旅に出かけることができるのだから。

早々に片づけてしまおう。

この時の自らの判断を、燦華は後《のち》に悔やむことになる——。

7

ウィールを通じてスラニカの穢禍《あいか》に指定され、三人が向かったのは、スラニカの街の北部――街の上下水道の起点となる施設がある場所だった。

スラニカの穢禍は、どうやらこの水路を用いて、街中を移動しているらしい。

燦華《さんげ》は呼びかけた。

「来たわよ。姿を現しなさい」

直後、建物の陰《かげ》から、人影――に似たモノが現れた。

分厚い生地で仕立てられた外套《がいとう》に身を包んだ――大柄な男を思わせるその姿に、三人は、街を騒がす人食いの正体は、やはり穢禍であったことを確信した。

人間を喰《く》らうことで、その構造を学んだのだろう――ウィールとは違い、この穢禍は自《みずか》らの『声』を喉《のど》から紡《つむ》ぎ出した。

「揺りかごの娘……よく、よく来てくれた」

多少ぎこちなくはあったが、その言葉ははっきりしていて、これなら人間を装うことも可能だろうと思われた。

つまり、それだけの数の人間を、穢禍は糧《かて》としたということだ。

苛立《いらだ》ちを抑えきれず、燦華はいきなり問い詰めた。

「まずは聞かせてもらいたいわ。わたくしは、わたくしがこの街に着くまで、大人しく身を潜《ひそ》めておくように伝えたはずよ。なのに、なぜその言いつけを守らなかったの？　なぜ、わたくしが迎えに来ることを知りながら、新たに人を襲《おそ》ったの？」

少女の問いに、穢禍は戸惑《とまど》った様子で首を傾《かし》げた。

「揺りかごの娘は怒っているのか？　小なるわたしが人間を喰らったからか？　どうしてそのことで揺りかごの娘が怒るのか？　人間など不要だと断じたのは、ほかならぬ揺りかごの娘であったのに……小なるわたしは、不要な糧を利用して、知識を得ただけだ」

過去の判断を持ち出され、燦華は少しばかり気まずくなったが……そのことは表に出さなかった。

「お前はわかっていないわ。わたくしが怒っているのは、お前がわたくしの言いつけを守らなかったからよ。大人しく隠れて待っていろと言ったのに、お前が勝手に人を襲ったことに、わたくしは怒っているの。なぜ、わたくしの言葉を守らなかったの？　答えなさい」

厳しい口調で問い詰めると、穢禍は慌てて哀願《あいがん》してきた。

「揺りかごの娘の怒りが伝わってくる！　頼むからそんなに怒ってくれるな……小なるわたしも大なるわたしも、揺りかごの娘以上に大切な存在はいないのだ！　揺りかごの娘に嫌われるのは、とても辛《つら》くて悲しい……どうか、怒りを解いてくれ！」

悲痛な響きの訴えは、嘘《うそ》には聞こえなかった。

だが、燦華は声を和《やわ》らげはしなかった。

「わたくしは、理由を聞いているのよ。お前がわたくしの言いつけに背《そむ》いた、そのわけを」

答えなさい！

ぴしゃりと命じると、穢禍は目に見えて狼狽《うろた》えたようだった。

「わかった！　答えるから、どうか少しだけでも怒りを抑えてくれ……小なるわたしは、知りたかったのだ。どうして、ただの豆の礫《つぶて》が、人間に投げつけられただけで、あれほどに大きな痛みを小なるわたしに与えたのかを」

意外な答えに、燦華は首を傾げた。

「豆の礫……？」

穢禍が何を言っているのか、少女にはわからなかった。

それについて、補足の言葉を放ったのは、年長の女性だった。

「恐らくそれは、『邪祓《じゃばら》いの豆』のことでしょう。一部の地域で、季節の変わり目に邪を祓うために豆を投げるという習慣があったはずです。その地域の出身の者が、穢禍に向かって豆を投げつけたのではないでしょうか」

緋陵姫《ひりょうき》の答えに、燦華はなるほどと頷《うなず》いた。

人間が長いこと信じ続けてきたことによって、豆に不浄を祓う力が宿ったということなのだろう――そして、その理由を知るために、その知識を求め、人を襲い続けたのだ。

穢禍なりに、我が身を守るための行為だったと言えなくもない。

だが――。

「……それでも、隠れて大人しくしていれば、豆の礫を受ける危険はなかったはずよ」

燦華の追及に、穢禍は苦しげに身を震わせた。

「揺りかごの娘は正しい……けれど、小なるわたしは、豆の礫が恐ろしくてたまらなかったのだ……隠れているところを見とがめられた瞬間、また豆の礫を投げつけられると思ったら、怖くて怖くて、気がついたら襲ってしまっていたんだ！　もうしない……だから、揺りかごの娘、どうか許してくれ」

これは、どう判断すべきだろうか――自ら糧を求めて街を彷徨《さまよ》ったわけではなく、隠れていたところを見つかったから襲ったと言いたいのか？

だが、それでは街で聞いた話と矛盾《むじゅん》する。

顔を隠した――顔のない人食いの姿は、街の住人に複数目撃されている。隠れているのを見つけた不運な人間だけを喰らったのであれば、そもそも目撃者が生き延びているはずがない。

それとも――最初は糧を求めて街を彷徨っていたのだが、燦華からの伝言を聞いて以来、身を隠していた……ということだろうか。

穢禍の言葉が真実か否《いな》か、燦華には判断できなかった。

だが、今更そのことを追及しても意味はないのも確かなのだ。失われた命は戻らない――自分が穢禍を回収すれば、これ以上この街で被害者が出ることはない。

それで納得するしかない。

ひとつ息をついて、燦華は穢禍に手を差し伸べた。

「わかったわ。お前を泥闇《でいあん》の海に戻します。この手を取りなさい」

すぐに近づいてくると思ったが、穢禍は躊躇《ためら》う様子でなかなか動こうとしなかった。

「どうしたの？　戻りたくはないの？」

燦華の問いに、穢禍はふるふると頭を振った。

「戻りたい……けれど、小なるわたしの姿を見て、揺りかごの娘が小なるわたしを怖がったり嫌ったらと思うと、怖くて……」

燦華は思わず笑い出した。

「お前には、いろいろと怖いものがあるようね。けれど、大丈夫よ。お前がどんな姿でも、大なるお前を知っているわたくしが、今更お前を怖がることはないわ。だから、さあ――」

この手を取りなさい。

そう促《うなが》すと、ようやく穢禍は動き出した。

厚手の外套を脱ぎ捨てた穢禍の姿は、確かに美しいとは言えぬものだったが、泥闇の腐肉《ふにく》の塊《かたまり》に比べれば、可愛《かわい》いものだ。

かろうじて人型を取った穢禍が、ゆっくりと燦華に歩み寄る。

そうして、彼女の指先に触れた瞬間――。

スラニカの穢禍は、燦華という扉を通って、泥闇の海へと還《かえ》ったのである……。

「一先《ま》ずはこれで落ち着いたかしら」

燦華はスラニカの穢禍という存在すべてを、泥闇の海に帰した事実を確認した後、そう呟《つぶや》いた。

※

大人しくしていろという、彼女の言いつけに従わず、勝手に人間を襲ったことには、彼女は相応の怒りを覚えたわけだが、穢禍の弁解と、その後の従順な態度によって、彼女の怒りは大分減じていた。

何より、スラニカの穢禍が素直に燦華の言葉に従ったことも大きい。

喰らった人間の知識や知恵を得た穢禍は、素直に燦華に従い、泥闇の海に還ることを受け入れた。

そのことで、燦華の懸念《けねん》は解消されたといっていい。

「人間の知恵を取り込んだせいで、悪《あ》しき知恵を働かせるのではないかと懸念していたのだけれど……それは杞憂《きゆう》だったみたいで、幸いなことだわ」

漆黒《しっこく》の少女のその言葉に、反論したのは緋陵姫だった。

「いえ、燦華。その判断は拙速《せっそく》に過ぎるかもしれません。この地の穢禍は、常に自らを『小なるわたし』と称していました。そして、泥闇の海を『大なるわたし』と……この地の穢禍は、自らが得た知識や知恵を、泥闇に伝えることを最優先に選んだ可能性も残されてます。その目的が、この世界を理解し、あなたに共感するための能力を得るのだというのなら、それは……まあ、方法には難があるとはいっても、今更非難するようなことではないかもしれません。けれど、泥闇の最初の目的が、この世界全体を喰らい尽くすことであったと考えれば、人間の知恵や知識を得た泥闇に、あなたは常に警戒を怠《おこた》らぬべきだと思います」

ようやく厄介《やっかい》な肩の荷を下ろせた、と安堵《あんど》する燦華にとって、その提言《ていげん》はちっとも面白くもなく、どちらかと言えば新たな重責を匂《にお》わせるもので――はっきり言って有り難いものではなかった。

だが、その発言者は、燦華にとって特別な存在であり、言われてみれば、確かに警戒する必要があると得心もできてしまうものだから、とにかく難しい顔になった。

「まあ、嫌だわ」

渋面《じゅうめん》になって、燦華は本音を漏《も》らす。

「望んだわけでもないというのに、わたくしは結局、泥闇と穢禍の管理をしなければならないというわけ？　本当に、嫌なこと」

燦華は本気で、泥闇との関わりを厭《いと》っていたから、この言葉は心底からのものだった。

けれど、同時に。

燦華は、自ら負うべきモノの分担を認識していた。

ラエスリールは世界そのものを。

燦華は泥闇を含む、後に付け加えられた条件を。

分担することで、世界を回していくのだと。

意識の隅《すみ》で、彼女も知っていた。

世界を知り、学んできた穢禍を、泥闇を——制御できるのは自分しかいないと。

それは、とても面倒なことだけれど、仕方ないことだと燦華は受け入れた。

世界は巡るものなのだ。

世界は巡り、動いて、そうして回っていく。

女皇《じょおう》という立場から退《しりぞ》くことで、燦華は世界に対する最大の責任からは身を引くことができた。

それは、この世界を背負う重責から逃れたと言い換えることもできる。

そうではない。

燦華には燦華なりに、この世界を担う覚悟はあったし、未来への展望もあったのだ。

けれど、それは……ラエスリールの思いには至らなかった。

人間と魔性《ましよう》の共存など、燦華は考えたことさえなかった。あり得る未来だと、想像することさえできなかった。

あり得ない未来――あり得ない将来。

だから、はなから諦《あきら》めていた。

なのに、ラエスリールはそうではなかったのだ。

あり得ない未来、あり得ない将来——決してあり得ぬ結果を、あの不器用な女性は、満身創痍《まんしんそうい》になりながら、どうやってか、引き寄せてしまうのだ。

同じことは、自分にはできない。

燦華はそう思う。

けれど、自分に叶《かな》うかぎりの力は振るい、両輪の片割れではありたい。

それぐらいの存在で……自分でありたい。

その願いは叶ったのか、叶わぬのか。

答えは、未《いま》だ見いだせぬままだ——。

8

これで本当に終わったのだろうか。

乱華《らんか》は、歩き出した燦華《さんげ》の後ろ姿を見つめながら、そう思った。

終わったはずだ――頭ではそう理解している。

スラニカの穢禍《あいか》は、燦華によって泥闇《でいあん》の海に還《かえ》された。その光景を、確かにこの目で見た――地上に残る穢禍は、ウィールの一部のみとなったはずだ。

もう、危険な穢禍は世界には存在しない――穢禍に育つ可能性を持つ存在は、確かに世界中で生まれてはいるが、燦華がその制御を担うつもりでいるから、脅威《きょうい》にはならないだろう。

終わったのだ……そのはずだ。

なのに、なぜだろう――乱華は何かが引っかかった。

何かがおかしい気がするのだ。だが、その『何か』がわからない。

そんな乱華の様子に気づいたのか、緋陵姫《ひりょうき》が声をかけてきた。

「どうした、乱華？　何か気がかりでもあるのか？」

姉の問いかけに、彼は素直に応じた。

「何か釈然《しゃくぜん》としないのです。あまりに簡単にことが運んでしまったせいかもしれませんが……仮にも複数の人間の知識を吸収したにしては、穢禍の物言いが幼稚《ようち》に思えて。あれは本当にこの地の穢禍だったのか、と」

口に出すことで、乱華は自分でも把握《はあく》できていなかった疑念の正体に気がついた。

そうだ、スラニカの穢禍は、聞いた話だけでも十人近くの人間の大人を喰《く》らっていたはずだ。それだけの人数の知識を得たにしては、あの穢禍は言葉の選び方が稚《ち》拙《せつ》だった。

「……もしかして、先ほどの穢禍は、この地の穢禍の一部にすぎないと？　本体はまだ、どこかに隠れているかもしれないということか？」

緋陵姫がそう尋《たず》ねると、先を歩いていた燦華が振り返った。

「それはないでしょう。何のために、そんなことをする必要があるの？　穢禍は泥闇に還りたがっていた……だからこそ、ウィールを通じてわたくしをこの街に呼んだのよ。還るつもりがないのなら、わたくしを呼ぼうとは思わないでしょう」

燦華の指摘はもっともだ。

やはり、自分の考えすぎだったろうか――。

そう思った乱華の視界の隅《すみ》に、穢禍が脱ぎ捨てた外套《がいとう》が映った。

醜《みにく》い姿を隠すために、穢禍が纏《まと》っていた外套だった。燦華に嫌われるのが怖いと言って、なかなか脱ごうとしなかった……。

と、そこまで考えた時、乱華は自分が最初に覚えた違和感の正体に気づいた。

穢禍は、なぜ外套を纏えたのか。

穢禍はすべてを喰らうモノだ。触れたものすべてを糧《かて》とする――それが生きていようと、命を持たぬものであろうと関係なく、だ。

その穢禍が、どうして糧とすることなく、あの外套を身につけられたのか。

あれは、ただの外套ではないのではないか？

そこまで考えた時、いや、と乱華は頭を振った。

決めつけは危険だ。ウィールの例もある。ウィールは自《みずか》ら糧とするものとしないものを選別していた。糧でないものは、触れても吸収されないよう、彼は自らを作り替えた。

同じことを、スラニカの穢禍が覚えたとしてもおかしくはない。

そう、自らの正体を他者の視線から隠すために、必要な『糧ではないもの』として、彼が外套を扱っていたのなら、何もおかしなことはない。

やはり自分の考えすぎか……そう思い、ちらりと外套に目を向けた乱華は、信じられない光景を目にした。

風もないというのに、厚手の生地で仕立てられた外套が、さわさわと動いていたのだ！

両袖《そで》を翼《つばさ》に見立てたかのように、ゆらゆらと揺らしながら――外套は今にも飛び上がろうとしていた！

そして、その目指す先にいるのは——。

「姉上っ！」

叫ぶ乱華の脳裏《のうり》に浮かんだのは……。

考えるより先に、彼は緋陵姫に向かって駆けだした！

※

スラニカの穢禍が、人を喰らうことで得た知識の中で、最も有益に感じられるものは、穢禍が豆の礫《つぶて》を受けて退散した後のことだった。

『魔を祓《はら》え』

『鬼を祓え』

呪文《じゅもん》のように繰り返しながら、人々から豆の礫を投じられたことで、スラニカの穢禍は重大な被害を受けた。

傷は大きく、それを癒《い》やすためには、穢禍は多くの命を喰らう必要に迫られた。

下水に巣くうネズミや虫を、穢禍は傷を癒やすためだけに喰らい尽くした。

それでも、力は戻らない。

小動物や虫を喰らう程度では、一度肥大《ひだい》化した穢禍の容量を取り戻すことはできなかった。

なにより、糧の質が悪い。

ネズミや虫をいくら喰らったところで、穢禍が求める『力』は戻ってこないのだ。

穢禍が求めるのは、効率よく糧を得る知識を含めた力だった。

それを持つ糧を取り込まぬ限り、得ることのできない力だった。

それに該当《がいとう》する糧とは何か。

人間しかあり得ない。

だが、人間には自分を痛めつけるだけの力がある。反撃の危険のない獲物《えもの》などない。

人間を糧としなければ、以前のような思考を働かせることも、それによって力を発揮《はっき》することもできない。

だが、人間は、穢禍にとって恐ろしい力を持っている。
徒《いたずら》に襲《おそ》っても、返り討ちに遭うだけだ。
豆の礫に対する恐怖は、スラニカの穢禍にとっては深刻なものだった。
必死に逃げ、隠れたからこそ、命永らえたものの、際限なく浴びせられたなら、
スラニカの穢禍の命は尽きていたと思う。
だから、スラニカの穢禍はひたすらに、自身の食欲を抑えた。
食いたい、食いたい、食いたい——という思いを、完全に封じようとした。
本能に逆らうほどに、自らの欲望を抑え込もうとした結果。
スラニカの穢禍は、穢禍自身の意志をも超えて暴走した。
つまり、襲うつもりもなく、食欲のままにスラニカの人間に襲いかかったのだ。
そうして、その人間を喰らって、全身を味わって——。
スラニカの穢禍は、その時、ひとつのことを学んだのだ。
人間は、事態が解決したと信じた瞬間に油断するものなのだ、と。
それは人間に限ったものだろうか。

スラニカの穢禍は検証しようとした。

だが、それは叶《かな》わなかった。スラニカの穢禍が確かめたいことを、身を以《もっ》て知らしめてくれる存在はいなかったのだから。

言うならば、それは見切り発車というものだ。

人間には有効。

だが、揺りかごの娘に対して有効かどうかはわからない。

けれど、成功の可能性はある。

なぜなら、揺りかごの娘は、自分以上に、この世界に関して無知なのだから！

試してみる価値はある。

スラニカの穢禍はそう判断した。

弱々しい助けを求める声を上げることで、揺りかごの娘の油断を誘う。

そうして、自分の欠片《かけら》を彼女の意に添わせることで……彼女から油断そのものを消し去ってしまうのだ。

やがて、無防備になった揺りかごの娘から、彼女の支えとなっている存在の女の命を奪う。

揺りかごの娘は、嘆《なげ》き苦しむだろう。

それは穢禍にとっても苦しいことだ。揺りかごの娘ほど、穢禍にとって大切な存在はない……彼女を苦しませるなど、穢禍としても心苦しい。

けれど、それはどうあっても必要なことなのだ。

揺りかごの娘にとって、唯一絶対の存在は、自分――穢禍でなければならないのだから！

そのために、穢禍は慎重に準備を重ねた。

自らを、外套に擬態《ぎたい》し、欠片に本体と信じさせるだけの知識を分け与え――結果として、揺りかごの娘は穢禍の思惑通りに動いた。

最早成功は疑いない。

そう思った穢禍は、真に願う邪魔《じゃま》者の排除に動いた。

揺りかごの娘のそばについて離れない邪魔者を、永遠に排除するために、だ。

自分を差し置いて、揺りかごの娘が優先する黒髪の女――。

彼女を排除するために——。

外套に擬態したスラニカの穢禍は、背後から彼女を急襲《きゅうしゅう》した！

9

「姉上っ！」

悲鳴にも似た乱華《らんか》の叫びに、何事かと振り返った燦華《さんげ》は、信じがたい光景を目《ま》の当たりにすることとなった。

血相を変えた乱華が、緋陵姫《ひりょうき》を乱暴に突き飛ばす！

燦華も緋陵姫も、彼の行動の理由がわからなかった――次の瞬間、その身に覆《おお》い被さった外套《がいとう》を目にするまで。

外套？

いや、違う。ただの外套が、風もないのに宙に浮かぶはずがない。自《みずか》らの意志をもって、他者に襲《おそ》いかかるはずがない！

あれは……あれこそが、このスラニカに潜《ひそ》んでいた穢禍《あいか》なのだ！

乱華の疑念は的を射ていたのだ。スラニカの穢禍は、まんまと自分たちを欺《あざむ》き、外套に擬態《ぎたい》したまま、この瞬間を狙《ねら》っていたに違いない。

だが、なぜだ。なぜ、穢禍はそんなことを……？

そんなことを思っていた燦華の思考は、苦痛に満ちた乱華の声によって遮《さえぎ》られた。

「うわぁぁっっ！」

外套を引きはがそうとする彼の手が、見る間に爛《ただ》れて崩れ落ちていく。

そうだ、穢禍はこの世界に存在するすべてを腐食《ふしょく》させる力を持つのだ——燦華以外のあらゆる存在を。魔性《ましょう》であっても、それは例外ではない！

「乱華！」

緋陵姫の悲痛な声が響き渡る。

燦華も叫んだ。

「やめなさい！　穢禍、聞こえないの？　やめなさい！」

燦華の言葉に、しかし穢禍は従おうとしない——穢禍は、明確な殺意をもって彼に襲いかかったのだ！

「やめなさい！　穢禍、わたくしがやめろと言っているのよ！」

声をかけるだけでは、穢禍は止まりそうにない――燦華は乱華に駆け寄り、外套に擬態した穢禍に触れた。

それだけで、穢禍は泥闇《でいあん》の海に還《かえ》る――穢禍が帰還を求めているならば。

しかし、穢禍は消えなかった。穢禍はまだ還るつもりがないのだ。

触れた瞬間、穢禍の意識が燦華に流れ込んできた――その内容に、彼女の怒りは爆発した。

穢禍の狙いは、乱華ではなく緋陵姫だった。

燦華の傍《かたわ》らから緋陵姫を奪うことで、穢禍は……泥闇は、燦華を取り戻そうとしていたのである！

誰もそばにいない孤独な存在に戻れば、燦華は泥闇を受け入れる。そんなことを、穢禍は信じていたのだ！

「止まりなさい、スラニカの穢禍」

燦華は怒りとともに穢禍に命じた。

「お前の一切の活動を、わたくしは禁じます。泥闇を統《す》べる燦華の名において、お前は止まらなければならない！」

言霊《ことだま》の力が発動する！

それまでも、彼女は事実上の泥闇の主《あるじ》だった。だが、彼女自身がはっきりと宣言したことによって、その瞬間、すべての泥闇と穢禍は、彼女の支配下に置かれたのだ。

ぴたりと動きを止めた穢禍を、燦華は乱華から引きはがした。

穢禍はもう動かない――動けない。

だが、すでに喰《く》らった分は、元には戻らない。

「乱華！」

「乱華！　大丈夫？」

穢禍から解放された青年に無事を尋《たず》ねた燦華は、青年の惨状《さんじょう》に言葉を失った。

頭部の右半分はすでに腐食し、肩から胸にかけてざっくりと抉《えぐ》り取られていた。

元々が飛び抜けて端麗《たんれい》であった分、その姿はあまりにも痛々しかった。

「……あまり、大丈夫ではないようです……」

弱々しく答えると、彼はその場に崩れ落ちた。

「乱華！」

緋陵姫の悲痛な声に、燦華は胸を締めつけられた――。

※

「乱華、乱華、なんて馬鹿《ばか》なことを……！」

緋陵姫の声に、乱華はうっすらと目を開けた。

ぽとり、ぽとりと無事だった頬《ほお》に熱い雫《しずく》が落ちてくる。

姉が、泣いている。

乱華は、彼女の涙を止めたくて、右手を伸ばそうとしたが、すでに失われた手が動くはずもなかった。

「乱華、お前は馬鹿だ。なぜ、あんな……声を上げれば、それだけでよかったのに……」

嗚咽《おえつ》まじりの姉の言葉に、乱華は「ひどいな」と苦笑した。

「ああするしかなかったのですよ。あれは姉上を狙っていた……まあ、正面から受け止めるつもりはなかったのですが……」

それは失敗でしたね。

顔の半分近くを失っているせいで、思うような声にならない——姉を安心させるような、軽やかな声を上げたいのに、掠《かす》れたり音にならなかったり、酷《ひど》いものだ。

……まあ、人間ならとうに命はなかったろうから、贅沢《ぜいたく》は言うまい。

魔性であったからこそ、この状態にあっても命永らえているのだ。そのことには感謝せねばなるまい、と乱華は思った。

魔性であるからこそ、最期《さいご》の言葉を姉と交わすことができるのだ……。

「姉上。どうか泣かないでください。わたしは、二度とあなたが死ぬのを見たくなかっただけなのです。あなたを目の前で失う経験など、一度きりで十分です。わたしがあなたを助けたかっただけなのだから……どうか、泣かないでください」

彼の言葉に、緋陵姫は嫌だとばかりに頭を振った。

「わたしだとて、お前を失うのは御免だ。もういいから、黙っていろ。完治には足りないだろうが、わたしの力をお前に送る。好きに使っていいから……！」

魔力を補うことで、乱華の回復を助けようというのだろう――姉の申し出を、しかし彼は拒《こば》んだ。

「無駄です、姉上。本当は、あなたもわかっておいででしょう？　我らの体は器にすぎない……命そのものが無事であれば、いかなる傷もすぐに癒《い》えるものだと」

今の乱華の状態は、つまりは命に損傷を受けたことを意味する。

「馬鹿を言うな。お前は単に魔力が不足しているだけだ。わたしの力を使えば……！」

どうしても、姉はこの現実を認めたくないらしい……仕方なく、乱華はもうひとりの少女を呼んだ。

「燦華、いるのでしょう？　姉上を止めてください。自分がよくわかってます……この体は……わたしは、もう助からない。無駄に力を使わせないでください」

その言葉に、黒髪の少女が息を呑《の》むのがわかった。

「乱華……何と言えばいいのかしら。わたくしがあの時、あなたの言葉を真摯《しんし》に受け止めていたら、きっとこんなことにはならなかったのに……」

わたくしのせいで――。

少女の言葉は、乱華にとっては意外すぎるものだった。

緋陵姫を巡って張りあってきた燦華から、まさかこんな言葉が聞けようとは――

彼女も変化……否《いな》、成長したということか。

いや、それは彼女だけではない。

自分も緋陵姫も、以前と同じではない。誰もが皆、変化を繰り返して生きていくのだ。

「ああ……」

乱華は思わず声を上げた。

「どうした、乱華?」

姉の問いかけに、彼はうっすらと笑った。

「あの子供……濫花《らんか》も、わたしに体を奪われる時、こんな気持ちだったのかと思ったのです」

「こんな気持ち、とは……？」

燦華の問いかけに、乱華は正直に答えた。

「……死にたくない」

燦華と緋陵姫――ふたりが同時に息を呑んだ。

「勝手なものでしょう？　幾千もの命を摘《つ》み取っておきながら、我が身に降りかかる死を受け入れたくないなどとは」

かつて、戯《たわむ》れに命を奪った者たちも、同じ思いを抱いていたのだ。

かつて、怒りに駆られ、なぶり殺しにした妖鬼《ようき》たちも、死にたいなどとは思っていなかっただろう。

「何を言う、それが当たり前じゃないか！　死にたくない？　大いに結構なことだ。ならば、生きるために、最大限の努力をしてみせろ。乱華、乱華、死なないでくれ。お前だけの願いではない。わたしも強くそう願うんだ！　姉の望みを叶《かな》えてくれ……！」

無事だった左手を握りしめながら、姉が必死に懇願《こんがん》してくる。

自分は、本当に不出来な弟だ。ふたりの姉を、ふたりとも悲しませる。大切にしたい、笑顔にしたい――心からそう願っているのに、いつもふたりを泣かせてばかりだ。

「すみません、姉上。わたしとしても、そうしたいのですが……」

どうやら、難しいようです――そう告げることすら、もうできない。

命が消えつつある……それが、わかる。

最後に笑ってほしいというのは、やはり我《わ》が儘《まま》というものだろうか。だとしたら、口に出せなくなったのは幸いと言えるかもしれない。

そんなことを思いながら、乱華は静かに目を閉じようとした。

それを止めたのは姉だった。

「乱華！　わたしのたったひとつの願いだ！　どうか、わたしを信じて、わたしにお前の命を委《ゆだ》ねてくれ！　わたしが、お前の命の傷を癒やす。お前をもう一度、目覚めさせる！　約束する！　だから……」

その体を捨てて、わたしの内《なか》に来い！

そんなことをしても無駄だから――そう告げようとした乱華は、続く緋陵姫の叫びに瞠目《どうもく》した。

「たった一度ぐらい、姉のわがままを聞いてくれてもいいだろうが！　死ぬな、乱華！　死なないでくれ……姉がこれほど頼んでいるのに、勝手に死ぬなら、わたしは死ぬまでお前を恨んでやるからな！」

まるで、幼子《おさなご》の癇癪《かんしゃく》だ――姉に、こんな一面があるとは知らなかった。

ここまで姉に請《こ》われて、拒むのは難しい。

上手《うま》くいくかどうかもわからない。失敗した時の、姉の悲しみを思えば、拒んだほうがいいのかもしれない。

だが――。

微《かす》かでも可能性があるのなら……彼女と燦華と共に生きる未来を望めるのなら。

姉にすべてを委ねるのに否はない。

『お任せします――』
眼差《まなざ》しだけでそう伝えると、彼は意識を左手に集中した。
繋《つな》がれた手を通じて――消えゆく命ごと、意識を緋陵姫に委ねるために――。

10

長い、長い話を終えて、燦華《さんげ》は出された茶に初めて口をつけた。

茶はすでに冷め切っており、お世辞にも美味《おい》しいものとは思えなかったが、黒髪の少女は構わずに飲み干した。

「ああ、美味しい」

そんなはずはないのだが、少女の言葉には、偽《いつわ》りとは思えない響きが宿っていた。

恐らく、とマンスラムは思った。

少女にとって、この長い話を——体験を、口にすることは、苦行に近い意味を持っていたのではないだろうか、と。

できることなら、振り返りたくない、思い出したくない過去を、偽らずに語ることは、少女にとって、少なからぬ負担を感じる行為だったのだ。

それを終えたことで、少女はようやく喉《のど》を潤《うるお》すことを自《みずか》らに許した。

それゆえに、冷めて美味しくないはずの茶さえも、少女にとっては甘露《かんろ》となったのではないのだろうか。

そう思いはしたが、マンスラムはそのことには触れなかった。

誰の心にも、触れられたくない傷や記憶はあるものだ。

その傷を暴き、突《つつ》くような真似《まね》をしようとは思わなかった。

だが、それでもまだ、疑問は残っている。

尋《たず》ねるべきか、控えるべきか——躊躇《ためら》うマンスラムの心中を読んだのか、自身の疑問の答えを求めずにいられなかったのか、旺李《おうり》が口を開いたのはその時だった。

「待って！　この赤子が乱華《らんか》？　いえ、確かに気配はチェリクの子供だとわかる。そのことに疑いはないわ。命が弱って、この小さな体に収束するのが精一杯だったというのも理解できる……けれど、この姿は何？　乱華は……リーダイルは、瞳《ひとみ》の色を除《のぞ》けば、王蜜《おうみつ》の妖主《ようしゅ》のひな形そのものだったはずでしょう？　どうして、こんなに姿が変わってしまったの？」

旺李の疑問は、魔性《ましょう》に生まれた者としては、ごく当たり前のものだった。

魔性は本来、生まれ落ちた瞬間から、命が尽きるその時まで、変わらぬ同一の姿を保ち続けるものだからだ。

例外といえるのは、半人半妖として生まれた存在ぐらいだが、その者たちにしても、身に纏《まと》う色彩が変化することはまずあり得ない。

気配は間違いなくチェリクの忘れ形見の子供であるのに、その外見はまるで違う赤子の姿に、旺李は混乱しているようだった。

旺李もマンスラムも、リーダイルを思う時、真っ先に浮かぶのは、王蜜の妖主譲りの見事な金色に輝く巻き毛なのだ。

次に思うのは、チェリク譲りの緑柱石《りょくちゅうせき》の双眸《そうぼう》だ。

赤子が眠っている今、瞳の色は確認できない。だが、漆黒《しっこく》と金の色彩がまだらになったその髪は、乱華――リーダイルのものだとは思えない。

旺李は魔性の理《ことわり》に則《のっと》って、その疑問を放ったのだ。

だが、マンスラムは違った。

人間である彼女には、旺李が思いつかないひとつの可能性を思いつくことができたのだ。

もっとも、それはマンスラム自身が身を以《もっ》て知る真実ではない。

彼女には、それを可能とする行為を体験した過去がない。

だから、それはあくまで憶測《おくそく》にすぎなかった。

「旺李、待ってちょうだい、旺李。わたしは、多分何があったのか、想像できるわ。緋陵姫《ひりようき》が消えかかったこの子の命を守るために、どんな選択をしたのか……。けれど」

あなたに確信をもって答えることは、まだできない。

だから、とマンスラムは旺李に頼んだ。

「もう少しだけ、待ってちょうだい……わたしが彼女に尋ねて、その答えを貰《もら》うまで」

お願いだから——。

告げるマンスラムに、旺李はくしゃくしゃに顔を歪《ゆが》めた。

当然だ。

旺李にとって、今も昔も、最優先とされるのはチェリクなのだから。

「でも……」

「お願い」

「でも……！」

「お願いだから」

「っっだけどっ！」

「ほんの少しだけだから！」

マンスラムの懇願《こんがん》に、ついに旺李は頷《うなず》いた。

「……わかったわ」

「ありがとう」

我が意を折って、頷いてくれた護《まも》り手《て》に、マンスラムは心から礼を告げ――。

そうして、燦華を真《ま》っ直《す》ぐに見つめた。

「この子がリーダイル……あなたにとっては乱華であることは間違いはない。けれど、この子は以前のリーダイル……乱華ではない。消えかけた彼の命を救うために、緋陵姫は彼女自身の……女性にしか持ち合わせていない力を振るったのではない？」

マンスラムの問いに、燦華は明確な答えを返しはしなかった。

ただ、少しだけ気まずそうに、目を逸《そ》らしただけだ。

しかし、その行為こそが、マンスラムに自身の考えが正しいことを確信させたのだ。

「そういうことなのね」

理解し、マンスラムは大きく頷いた。

「どういうことなの？」

問いかけてくる旺李に、マンスラムははっきりと答えた。

「この子はチェリクが産んだリーダイルの命を持つ子供であると同時に、緋陵姫が産み落とした新たな命でもあるということよ」

そうでしょう？

問いかけたマンスラムに、燦華は悄然《しょうぜん》と「ええ」と頷いた――。

※

「彼の命は、本当に消える寸前になっていて、緋陵姫の内《なか》でさえ、存在するのが難しかったの……それで、彼女は、彼の命を守るために、彼女自身の気で繭《まゆ》を作り、彼の命を包み込んだの」

燦華の説明は、わかりやすいものではなかったが、マンスラムには何となく理解できた。

繊細な玻璃細工《はりざいく》を、真綿《まわた》で包みこんで保護するように、恐らく緋陵姫は自らの気でリーダイルの命を守ったのだろう。

「けれど、それだけでもまだ足りなかった。彼を確実に生かすためには、彼を守る器がどうしても必要だったの。器に宿ることで命は安定するものだから……だから、緋陵姫は自らの血肉を用いて、彼の体を育《はぐく》むことにしたのよ」

女性にしかできない方法で。

そう、命を育み、この世に送り出すというやり方で。

燦華は小さく息をついた。

「緋陵姫自身、子供を産んだことなどなかったから、試行錯誤《しこうさくご》を繰り返す日々だった。わたくしから見ても、これ以上は無理に思えたこともあったわ。それに加えて、ひどく消耗《しょうもう》していたから……薄情に思われるでしょうけど、何度も諦《あきら》めるよう説得もしたのよ」

自嘲《じちょう》をこめた少女の言葉に、マンスラムは無言で頭を振った。

母体が衰弱《すいじゃく》している場合、子供の命を諦めることは、人間でもあることだ——その選択を、第三者が非難することなどできない。

当事者が、血を吐く思いで下す決断に、どうして他者が口を出せよう。

「……けれど、緋陵姫は頷かなかったのね」

リーダイルがここに存在する以上、答えはひとつしかない。

緋陵姫は決して、彼の生存を諦めなかったのだ。

「ええ」

燦華は苦しげに頷いた。

「幸か不幸か、緋陵姫の器は、彼の母親から譲られたものだった……正確には、母親の体の複製だけれど。その絆《きずな》があったから、彼の命はぎりぎりで緋陵姫の内にあり続けることができた……緋陵姫も必死に彼を繋《つな》ぎ止めた」

安定した命として、この世に送り出すためにかかった時間は、一年――。

「この子が無事に産声《うぶごえ》を上げた瞬間、安堵《あんど》で泣きたくなったわ。緋陵姫が限界まで頑張《がんば》って産み落とした命だから――」

そう言って、燦華が赤子を見つめる目には、確かに愛情が浮かんでいた。

緋陵姫と共にいることで、燦華の感情もまた豊かに広がりつつあるのだろう――そう思いながら、マンスラムは小さな不安を覚えた。

話を聞く限り、緋陵姫がこの赤子を大切に思っていないはずはない。なのに、燦華は赤子をこの家に連れてきた。

『わたくしは、この子のための最善の道を用意してあげなければならない』

少女はそう言った。

『緋陵姫と約束したのだから』

とも。

まさか——まさか、緋陵姫は。

その思いが顔に出たのだろう。

呆《あき》れたように、燦華が告げた。

「マンスラム、そんな悲痛な顔をしないでちょうだい。緋陵姫は無事……というには少々弱っているけれど、命に別状があるわけではないから」

その言葉に、ほっと息をつきながら、それではなぜ、とマンスラムは首を傾《かし》げる。

「……緋陵姫は、このことを納得しているの？　この子を手元で育てたいのではないの？」

自分が彼女なら、きっとそう願う。

だからこそ、腑《ふ》に落ちないのだ。

この問いに、燦華はあっさり頷いた。

「もちろん、彼女は育てたがっているわ。彼女が願うことなら、わたくしだって協力は惜しまない……けれど、どうしてもそれだけはできないの」

ちらりと赤子に目を向けながら、彼女はため息を洩《も》らした。

「今の緋陵姫には、安定した気脈の中での安静が必要なの。けれど、この子がそばにいては、それはかなわないのよ」

それはなぜか——。

次の瞬間、燦華は爆弾を投下した。

「この子の、制御不能の魅了眼《みりょうがん》が発現するたびに、気脈が嵐《あらし》のように乱れて、とても安静になどしていられないのよ」

魅了眼。

制御不能。

とてつもなく不穏な言葉を耳にして、マンスラムは目を瞠《みは》った。

もしかしたら、と彼女は思った。

自分は……自分たちは、とんでもない役目を押しつけ……いや、委《ゆだ》ねられたのではないだろうか。

気のせいだろうか――気のせいだと思いたい。

マンスラムは顔が強《こわ》ばるのを止められなかった――。

11

緋陵姫《ひりょうき》は夢を見ていた。

いや、魔性《ましょう》である彼女は、厳密《げんみつ》には『夢』を見ることはない。彼女の見ているものは、意識の一部が覗《のぞ》き込んだ異界だ。

眼下に広がる一面の海——。

そこを、彼女は知っていた。

なぜなら、彼女は一度、その海に触れたことがあるからだ。

そこは、冥《めい》の海《うみ》——魔性の命が尽きた時、その魂《たましい》が永遠にたゆたうために用意された場所である。

こんな夢を見るとは、いよいよ自分に残された時間は短いらしい。

淡々《たんたん》と、緋陵姫はそう思った。

一度死に触れたせいだろうか、乱華《らんか》のように「死にたくない」という思いはない。死んだ命を、燦華《さんげ》に拾われてこれまで生きてきた。魂の器である肉体は、母チェリクに譲ってもらったおかげで、崩壊《ほうかい》の危機からは逃れられたけれど、魂自体のそれは避けられない。

自分の魂は、一度あの海に触れてしまった。

死に触れた魔性の魂は、冥の海に帰属してしまう。

たとえ離れたとしても、それは変わらないのだ。

冥の海が、声なき声で自分の魂を呼んでいるのを、緋陵姫はこれまでに幾度も感じてきた——いずれ、呼び声に抗《あらが》えきれなくなるだろう、とも思ってきた。

それでも、彼女はこの世界に存在できる限り、この世界で生きていたいと思った。

この世界には、緋陵姫が愛する数多くの存在が生きており、また愛する者たちが生きた証《あかし》が刻まれているからだ。

ラエスリール、乱華、燦華……。

緋陵姫が愛する彼らと共に、少しでも長く生きていたい。その思いに嘘《うそ》はない。

けれど——。

こうして冥の海を目にすると、やはり自分の魂はこの海に属しているのだと、ひしひしと実感するのだ。

いずれ、自分はこの海に還《かえ》る——その時は、きっと……近い。

そのことを、緋陵姫はまだ燦華には告げていない。乱華には以前伝えたが、今の彼がそのことを覚えているかどうかはわからない。

赤子として生まれた乱華が、どれほど記憶を保っているかは未知数だからだ。

緋陵姫は悩んでいる。いつ、この事実を燦華に告げるべきか——急いだほうがいいのはわかっているが、なかなか踏ん切りがつかないのは、それを知った燦華の反応が心配だからだ。

燦華がスラニカの穢禍《あいか》に対して、あれほどの怒りを露《あらわ》にしたのは、穢禍が緋陵姫を排除しようとしたからだ。

自分を燦華の隣から消し去ることで、燦華を孤独に追いやろうとした。その結果、彼女は泥闇《でいあん》を受け入れると、穢禍は信じていたのだという。

それは穢禍の勝手な願望でしかなかったが、燦華の傍《かたわ》らから自分が消えるのは、避けられない未来だ。

その時、燦華がどうなってしまうのか。緋陵姫はそれが心配でならない。

もちろん、自分が消えたところで、燦華が孤独に陥《おちい》るわけではない。彼女に心を寄せてくれる存在はほかにもいる。白焔《はくえん》の妖主《ようしゅ》もそうだし、ラエスリールにとっても燦華はすでに身内となっている。

ただ、ふたりにはすでに、燦華以上に大切な、かけがえのない唯一無二の相手が存在しているのだ。

誰よりも何よりも、燦華を大切にしてくれる相手ではない。

こんなことを言えば、燦華には笑われてしまうかもしれない。

『特に必要だとは思えないけれど?』

そんな風に、あっさりと言い切るのが目に見える。

けれど、緋陵姫にはそうは思えないのだ。泥闇の王たることを宣言した以上、燦華はこの先ずっと、泥闇と関わり続けなければならない。

泥闇の海を、緋陵姫は見たことはない。

だが、そこからこぼれ落ちた欠片《かけら》——穢禍なら、いくつも目にした。

この世界に関わることで、良い方向に変化した者もいたが、元々の泥闇は、貪欲《どんよく》に世界を喰《く》らうことしか考えない腐食《ふしょく》の化身だ。

そんな存在と、燦華は常に向き合わなければならない。心が不安定に揺れている時に、泥闇の毒にもし侵《おか》されてしまったら……その時燦華がどうなってしまうのか。

考えるだけで不安になるのだ。

ああ、自分にもっと時間があれば……そう思わずにいられない。

その時——。

眼下に広がる冥の海の水面に小さな波が生じた。

完全に閉じた世界である冥の海で唯一生じる変化とは、新たに死んだ魂が、海に落ちる瞬間だけだ。

世界のどこかで、魔性が死んだのか——緋陵姫はそう思ったが、何かが違っていた。

なんだろう、冥の海を漂う魂たちが、ゆっくりとだが一方向へ向かって流れていく。冥の海に流れなどないはずなのに、だ。

これはどういうことなのか。冥の海に何が起こったのか。

緋陵姫は意識を流れの先に向けた——長い、長い流れを辿《たど》るように追いかけた緋陵姫は、信じられないものを、視《み》た。

冥の海は、緋陵姫が知らぬ間に海ではなくなっていたのだ！

険しい岩肌に囲まれた湖のように——一部だけ開いた岩の間から、冥の海を構成するモノが下方へと流れ落ちている。

その流れの中に、彼女は複数の魂が存在することに気がついた。

終焉《しゅうえん》の海から、魂が流れ出て行く——いったい、どこへ向かっているのか。

緋陵姫はさらに流れを追った。

そうして、見つけた——流れの行き着くその先を。

巨大な光の階《きざはし》が視える。螺旋《らせん》状のそれは、ゆっくりと回っていた——流れは、その階に吸い込まれていたのだ。

それが何であるのか、緋陵姫にはわからなかった。

だが、それが何であるのか、緋陵姫は感じ取ることができた。

「あれは……」

彼女は思わず呟《つぶや》いた。

胸に灯《とも》った希望の光とともに――。

※

「起きて……目を覚ましてちょうだい、緋陵姫！」

必死に自分を呼ぶ声に、緋陵姫はゆっくりと目を開けた。

燦華が、心配そうに顔を覗き込んでいた。

「ああ、燦華。お帰りなさい」

そう答えると、少女はこくりと頷《うなず》いた。

「ただいま。マンスラムは乱華を育ててくれるそうよ。魅了眼《みりょうがん》の制御に関しては、専門家を呼ぶという話だったけれど……」

それって、間違いなくラエスリールよねえ。

勿体《もったい》ぶることはないのに――燦華が不満そうに口を尖《とが》らせると、緋陵姫は静かに半身を起こした。

「あの方にも立場がおありですから、容易《たやす》く彼女の名前を口にするわけにはいかないのでしょう。もしくは、あの方独特の言い回しなのかもしれませんね」

緋陵姫がそう答えると、燦華は「変な言い回しねえ」と、呆《あき》れたように肩を竦《すく》めた。

「でも、さすがにラエスリールの義理とはいえ母親よねえ。乱華の魅了眼のことを知っても、ほんの少ししか動揺する素振りを見せなかったわ」

「……ほんの少しは、やはり動揺してましたか」

問いかける緋陵姫に、燦華は「ええ」と首肯《しゅこう》した。

「制御なしの魅了眼が、どんな被害をもたらすか知りたいと訊《き》かれたから、空間が変な具合に歪《ゆが》んだり、光を勝手に屈折させて、空がわけのわからない色に染まったり、時々地面が揺れたりするって教えてあげたら、逆に安心した様子だったけど」

それは——何とも剛胆《ごうたん》なことだ。

逆に、いったいどれほどの惨事《さんじ》を予想して、マンスラムは『少しばかり』動揺したというのか。

「わたくしも、それは気になったから尋《たず》ねようと思っていたの。けれど、話を聞いてすぐに、マンスラムったら、心底安心したように、『よかった、世界を崩壊させたり、勝手に異界と空間を繋《つな》げたり、真夏に吹雪《ふぶき》を起こしたりはしないのね。それぐらいなら悪戯《いたずら》の範疇《はんちゅう》だわ』と言ったのよ！　あの人の、魅了眼に対する印象は何なのかしら？」

燦華の言葉——正確にはマンスラムの発言内容だが——に、緋陵姫は胸を突かれた。

「……全部は知りませんが、そのうちひとつは、ラエスリールが暴走した時のことですよ。あの男に出会ってすぐ、彼女は力を暴走させて……その、世界を崩壊させかけたんです」

　残るふたつは、多分その母親の仕業《しわざ》だろう。

　こうして聞かされると、魅了眼とは本当に物騒な力ではあるのだ。

　燦華が驚きに目を瞠《みは》った。

「何だか一度、ちらりとそれらしい話をラエスリールから聞いた覚えがあるけれど、まさか本当にそこまで恐ろしい真似《まね》をしていたの、あのひと！　生真面目《きまじめ》な性格だから、嘘ではないのだろうけど、深刻に考えすぎてるのだとばかり思っていたわ」

「ラスは、普段はどこまでも辛抱《しんぼう》強いのですが、一線を越えると、恐ろしいのです」

　緋陵姫の指摘に、燦華は即答した。

「知ってたわ！　激怒した彼女と対峙《たいじ》したことがあるもの……この世界に生まれて、あんな恐ろしい相手は初めてだったわ！」

「ならば、わたしがいなくなっても、彼女を本気で怒らせるような真似だけは、しないでくださいね」

　するり、とその言葉は緋陵姫の唇《くちびる》から飛び出した。

燦華が、怪訝《けげん》そうに首を傾《かし》げた。

「何を言っているの？　まさか、ひとりでどこかに出かけるつもりなの？　とんでもないわ！　今のあなたは養生《ようじょう》に専念しなければならないのよ。外出なんか、絶対許しませんからね！」

本気で怒り出す燦華を見つめながら、緋陵姫はあることに気がついた。

少女の怒りが、仮面にすぎないということに。

漆黒《しっこく》の瞳《ひとみ》に浮かぶのは、確かに怒りの感情だ。けれど、その奥に揺れているのは
――。

「燦華」

恐らく、少女は知っている。

ならば、もう隠しておく意味はない。

緋陵姫は、淡々とした口調で、こう告げた。

「燦華、わたしは……もうすぐ死にます」

少女の表情が凍りついた――闇色《やみ》の双眸《そうぼう》に、恐怖が浮かびあがるのを、緋陵姫は

胸の痛みとともに受け止めた……。

12

知りたくなかった事実を、ついにつきつけられてしまった――。

燦華《さんげ》は無意識に、何度も頭を振った……そうすることで、緋陵姫《ひりようき》の告白がなかったものにならないことは百も承知で、知らずにいた時に戻りたかった。

「な、なにを突然……そんな、突拍子もないこと……そんなの、悪い冗談だわ」

それでも、何とか緋陵姫の告白を、『悪い冗談』に仕立てあげたくて、彼女は必死に言葉を紡《つむ》いだ。

「緋陵姫、あなたは乱華《らんか》を再生させるのに、力を使いすぎて、それでそんな風に思い込んでいるのよ。馬鹿《ばか》正直に、乱華の魅了眼《みりようがん》まで再生するものだから……」

「燦華」

緋陵姫が続けようとするのを、彼女は必死に遮《さえぎ》った。

不吉な言葉は聞きたくない——これ以上、何も知りたくはなかった。

「気が弱くなった時は、誰しも悲観的になると聞いたけれど、緋陵姫はそれが酷《ひど》すぎるみたいね。馬鹿なことを言っていないで、横になって休んでちょうだい。そのために、安定した気脈のこの土地に家を用意したのだから！」

そう言って、燦華は緋陵姫の肩に手を置いた。

「あのねえ、悪いけれど、わたくしも今日は疲れているの！　いつ魅了眼を発現させるかわからないあの子を連れて、白砂原《しろすなはら》まで出かけてきたのよ？　少しぐらい、わたくしを労《ねぎら》ってくれてもいいじゃない。なのに、突然変なことを言い出して……」

わたくしを怒らせて、いったい何をしたいの？

噛《か》みつくようにそう叫んで、燦華は強引に緋陵姫の体を寝台《しんだい》に押しつけた。

「話なら、明日にしてちょうだい！　いいわね！」

乱暴に掛布を彼女の体にかけ、そのまま逃げるように寝台から離れる。

いや、離れようと、した。

それを止めたのは、緋陵姫だった。立ち去ろうとする燦華の腕を摑《つか》んで、彼女に懇願《こんがん》したのだ。

「お願いです、聞いてください、燦華。このまま、何も語らずに、命の終焉《しゅうえん》を迎えることになれば、わたしはいくら悔やんでも悔やみきれません」

聞きたくないのに、緋陵姫の声は燦華の耳に飛び込んでくる。

大好きなひとの大好きな声だから、嫌だと思っていても、耳が勝手に拾ってしまう。

「聞きたくないと言っているでしょう！」

ついには怒鳴りつけてしまったが、緋陵姫は腕を放してはくれなかった。

「燦華、わたしは先ほど、冥《めい》の海《うみ》を視《み》てきました……」

聞きたくない――何度も繰り返しているのに、どうして今日の緋陵姫はこんなに頑固《がんこ》で意地悪いのだろう。

「……やめてよ……」

「あなたに拾い上げてもらったあの日から、いつかその時が来ることはわかっていました。一度冥の海に触れた魂《たましい》は、決して冥の海から逃れられない。わたしがこれまで保《も》ったのは、触れた直後にあなたが拾い上げてくれたからです」

「緋陵姫……やめて」

もうやめて。

それ以上、何も話さないで。

燦華の願いはかなわない。

「燦華、大切なことなのです。お願いですから、心を落ち着けて聞いてください。わたしの魂は、もうすぐ冥の海に戻るでしょう……」

ああ、と燦華は摑まれていない左手で顔を覆《おお》った。

聞きたくなかったのに、知りたくなかったのに、ついに緋陵姫は決定的な現実を口にしてしまった。

冥の海は終焉の海——そこにたどり着いた魂は、永遠にその海をたゆたい続ける。

そして、そこに戻ってしまった緋陵姫の魂を、今の燦華は再び拾い上げることはできないのだ。

あれは、燦華が繭《まゆ》から生まれたばかりの、無力だったからこそ許されていた力
――十分な力を得てしまった今、燦華は冥の海に触れることはできない。

自分は、永遠に緋陵姫を失ってしまうのだ……。

絶望で、目の前が真っ暗になる。こんな残酷《ざんこく》なことを、どうして緋陵姫は穏やかな笑顔で告げるのだろう？

「……ひどい、ひどいわ……」

詰《なじ》る言葉しか出てこない燦華に、緋陵姫は淡々《たんたん》とした口調でこう続けた。

「燦華……お話ししておきたいのは、これからです。冥の海は、以前とはまるで違うものに変化していました。終焉の海ではなくなっていたのです」

思いがけない言葉に、燦華はすぐには理解が追いつかなかった。

終焉の海ではない？　冥の海が？

いったい緋陵姫は何を言っているのだろう？

「そ、それは……どういう……？」

「冥の海に、以前はなかった果てが生まれていたのです。そして、その果てから、

一筋の流れが、光の螺旋《らせん》の階《きざはし》に吸い込まれていくのを視ました。あれは恐らく、輪廻《りんね》の階です……人間か獣《けもの》か鳥か……わたしが次の生で、何に生まれつくかはわかりません。ですが、ひとつだけはっきりしていることがあります」

そこまで語り、緋陵姫は燦華を真《ま》っ直《す》ぐに見つめた。

「燦華、わたしは必ず、あなたのところへ戻ります」

明るく澄《す》んだ緑の瞳《ひとみ》には、彼女の決意が浮かんでいた。

「何度でも生まれ変わり、わたしはそのたびにあなたのところへ戻ってくる」

だから――。

「待っていてください」

緋陵姫の言葉に、燦華は深く頷《うなず》いた。

喉《のど》の奥が熱くて、言葉を紡ぐことができなかったのだ。

必ずあなたのもとへ戻る。

言霊《ことだま》の宿る誓いの言葉は、燦華にとって最高の贈り物となったのだ……。

※

秋の気配が深まる頃――。

燦華と緋陵姫が住む小さな家を訪れる者があった。

強固な結界に囲まれた家のすぐそばに、突然気配が出現したことに、燦華も緋陵姫も驚きはしなかった。

妖貴《ようき》ですら容易《たやす》く弾《はじ》く結界だが、客人はそれ以上の存在なのだ――さらに、彼女たちへの害意など欠片《かけら》も持ち合わせていない人物となれば、結界自体が客人を拒《こば》まない。

「思ったより、早かったわね」

燦華の言葉に、緋陵姫は寝台に横たわったまま、「ああ」と答えた。

マンスラムに伝言を頼んだのは三日前のことだ。

不定期に『里帰り』する彼女の義娘に、会いたい旨《むね》を伝えてもらった。

よほどタイミングがよかったのか、確実に連絡がつけられる手段でもあるのか――

マンスラムやその周囲の面子《めんつ》を考えると、どうも後者のような気がしてならない。

「それにしても、驚いたな。あの男、いつ戻ってきたのだ？」

緋陵姫は、客人――ラエスリールの傍《かたわ》らに、ぴたりと寄り添う気配の正体に気づくなり、思わず声を上げた。

マンスラムから聞いた話では、深紅《しんく》の男は、ラエスリールとの蜜月《みつげつ》もそこそこに、姿を消したままだったはずだが。

三日前に、燦華がマンスラムを訪ねた時には、それらしい話題は出なかったというから、戻ってきたのは一昨日か昨日だろう。

だとしたら……。

くすり、と笑った緋陵姫に、燦華が「なに？」と問いかける。

「いや、わたしの考えが正しければ、さぞ仏頂面《ぶっちょうづら》を晒《さら》してくれてるだろうな、と……戻ったばかりで、独占する気満々のところを、よりにもよってわたしに邪魔《じゃま》されたのだから」

緋陵姫の言葉に、燦華もまた笑顔になった。

「まあ、そうなの？　いい気味だわ」

ふたりとも、深紅の魔王に対する印象は――悪い。

久しぶりの恋人の逢瀬《おうせ》を邪魔して悪かった、などとは欠片も思わない。

「あら？　あの男は外で待つつもりらしいわね。入ってこようとしないわ」

燦華が不思議そうに呟《つぶや》くのに、緋陵姫は笑いながら理由を口にした。

「ラスには、ふたりきりで会いたいと伝えたからな。彼女が駄目《だめ》だと言えば、さすがにあの男も無理に押し入ろうとは思わないだろう」

彼女の言葉に、しかし燦華は懐疑《かいぎ》的だった。

「あの身勝手な男に、そんな殊勝なところがあるかしら……？」

「ラスはこうと決めたら頑固だからな。邪魔したら、指一本触れさせないとでも言ったのではないかな？　長いこと放っておかれたことを、さすがに怒っていないとは思えないし」

この言葉に、燦華はころころと笑った。

「それじゃ、あの男の自業自得ね……そろそろ、迎えに行ってくるわ。この部屋に案内したら、わたくしも外に出るから、安心してちょうだいね」

そう告げて、燦華は緋陵姫のそばから離れた。

緋陵姫がラエスリールに、何を話したいのかはもちろん興味があったけれど——緋陵姫がふたりきりで、と望むのだ。

応《こた》えなければ彼女に悪い。

寝台のそばの小卓に、すでに茶は用意してある。

ふたりが話している間、どうやって時間を潰《つぶ》すかが問題だったけれど……何ならあの男を相手に軽い戦闘《うんどう》をしても気が晴れるかもしれない。

そんなことを考えながら、燦華は家の扉を開いた。

ラエスリールが、立っていた。

艶《つや》やかな漆黒《しっこく》の髪、右の琥珀《こはく》と左の深紅——瞳の色を除《のぞ》けば、やはり緋陵姫とよく似た美貌《びぼう》の女性の表情は、少しばかり暗く見えた。

緋陵姫の現状を知るからだろう。

だが、そのことには気づかぬふりで、燦華はラエスリールに声をかける。

「よく来てくれたわね。こちらよ……緋陵姫が待ってるわ」

ラエスリールはこくりと頷いた。

共にひとつの肉体で生まれてきたふたつの命が、顔を合わせるのもこれが最後──。

ふたりの胸の内はわからないけれど。

多分別れる時、ふたりは共に笑みをたたえているだろう。そう思いながら、燦華はラエスリールを案内した。

13

思っていた以上に衰弱《すいじゃく》した緋陵姫《ひりょうき》の姿に、ラエスリールは思わず目を瞠《みは》った。

特に痩《や》せたわけではない。

ただ、彼女を包む空気が——以前の力強い眩《まばゆ》いものとは比べものにならないほどに弱くなっている。

魂《たましい》自体が摩耗《まもう》しているのだと聞いた。

冥《めい》の海《うみ》に一度触れた魂の定めなのだ、とも。

「よく来てくれた。そこの椅子《いす》に座ってくれ」

寝台《しんだい》に横たわったまま、緋陵姫が声を上げると、ラエスリールは無言で従った。

「……具合はどうだ？　特に苦しかったり、痛みなどはないか？」

そっと顔を覗《のぞ》き込んで、ラエスリールが尋《たず》ねると、かつての守護者は「幸いなことに」と答えた。

「有り難いことに、苦痛はないんだ。ただ、全身から力が消えていくのがわかる……そのうち話すことさえ億劫《おっくう》になりそうだったからな、話せるうちに来てもらったんだ。突然のことで迷惑だったろうに、本当に、よく来てくれた。ありがとう」

「別に迷惑じゃなかったぞ？」

気を回す必要はない。

本気でそう思っていたから、そう答えたわけだが——緋陵姫が小さく噴《ふ》き出した。

「緋陵姫？」

「いや、ほんの少しばかり、外にいる男のことが哀《あわ》れに思えただけだ。戻っているとは知らなかったが、せいぜい数日前のことだろう？」

思わせぶりな口調で告げられたが——そこはラエスリールである。

「ああ、一昨日突然戻ってきた。やはり、何らかの問題が見つかったようで、いったん退《ひ》いて対策を練ることにしたそうだ。だから、またすぐに出かけると言っていたな」

言わんとしていることが、まったく伝わっていないことに、緋陵姫はくつくつ喉《のど》を鳴らす。

「ますます申し訳ない。恋人同士の短い逢瀬《おうせ》を邪魔《じやま》してしまったようだ」

ここまで言われても、通じないのがラエスリールである。

「いや、本当に問題ない。今日も、自分からここまで送ると言ってくれたし」

それは、限られた時間をふたりで過ごしたいということでは——という、緋陵姫の心の声もまた、ラエスリールには届かない。

「それより、話したいことがあるそうだが……リーダイルのことなら、心配いらないぞ。義母上《ははうえ》も浮城《ふじよう》の皆も、可愛《かわい》がってくれている。魅了眼《みりようがん》についても、しばらくは事象《じしよう》を読み解くことに限定させたから、以前のような騒ぎを起こすこともなくなったし……まあ、心配はいらない」

緋陵姫にとっても、リーダイル——乱華《らんか》は大切な弟なのだ——不安な思いはさせたくない。

「それは有り難いな。何しろこの弱った体では、あの子の世話も満足にできないし、わたしと燦華《さんげ》に育てられたのでは、以前と同じ性格に育ちそうで……それだけは避けたかったんだ。だが、今日来てもらったのは、別の話があったからだ。わたしは、ラスに礼と謝罪をしなければならない。そのために……呼んだのだ」

礼と謝罪？

何のことかわからず、思わず首を傾《かし》げたラエスリールに、緋陵姫は「説明する」と告げた。

「わたしは、遠からず死ぬことになる。以前はそれが、辛《つら》くてならなかった……魔《ま》性《しょう》である以上、転生はかなわない。終焉《しゅうえん》の冥の海を、永遠に彷徨《さまよ》うことになる。乱華や燦華を残して……そう思うと、本当に悲しく苦しかった」

だが、と彼女は言を継いだ。

「ラスが女皇《じょおう》に就《つ》いて……そうして、人間と魔性が共存できる世界を目指すと宣言した時、冥の海は変化した。完全に閉ざされていた海の一部が、外の世界……まあ、この世界から見れば異界だが、そこに繋《つな》がったのだ。今の冥の海は輪廻《りんね》の階《きざはし》に繋がっている……わたしは、死んでもまた生まれ変わることができるんだ」

にわかには信じがたい話に、ラエスリールは目を白黒させた。

「待て、緋陵姫。冥の海が変化したのは事実として……お前が輪廻の輪に加われるようになったのも歓迎するが……わたしの宣言がきっかけとは、的外れなんじゃないか？ 言っては何だが、わたしは何もしてないぞ？ 言霊《ことだま》の力が働いたとしても、そこまで大きな力をわたしが振るえたとは到底思えない！」

きっとお前の勘違いだ。

慌《あわ》ててそう主張したラエスリールに、緋陵姫は「いいや」と否定した。

「女皇たるお前が求める世界にするために、世界は自《みずか》らの姿を変えたのだ。もう少しすれば、明らかになるだろう……魔性の魂が、人間に転生することも増えるだろうからな」

「それは……」

「魔性では、到底理解できないことも、人間に生まれればわかることもあるだろう。魔性として生まれた者に、前世が魔性だった人間が、あれこれ教えることもできる。

まあ、そのためには現存する魔性のプライドのあり方を、少々矯正《きょうせい》する必要があるだろうが……」

　それでも。

「この世界の変化に、わたしは感謝している。本当にありがとう。そして……すまない」

　緋陵姫の真摯《しんし》な声は、彼女が本気で謝罪していることを伝えてきた。

　だが、ラエスリールにはその理由がわからない。

「何を謝るんだ？」

　尋ねた彼女に、緋陵姫は苦しげに眉宇《びう》を顰《ひそ》めた。

「すまない……ラスが抱いて生まれてきた命のひとつを、わたしが奪うことになってしまった。守護者としてラスを守るべき務めも果たさず、そうして今、その命を抱えこんだまま、わたしは輪廻の輪に加わろうと思っているんだ。返すことができなくて、すまない！」

　意外すぎる理由に、ラエスリールは全力で頭を振った。

「馬鹿《ばか》なことを……何をそんな……！　緋陵姫、お前はまさか、ずっとそのことを気に病んでいたのか？　その命は、お前が生まれた瞬間から、お前以外の誰のものでもなくなったというのに……！」

だから、謝らないでくれ――わたしはお前に謝ってもらわなければならないことなど、何ひとつとしてないのだから。

そう告げた瞬間、緋陵姫の双眸《そうぼう》から涙がこぼれた。

もしかしたら緋陵姫は、自らを借り物の命を与えられた存在だと――不自然に生み出された存在なのだと悩んでいたのかもしれない。

ラエスリールは、そっと彼女の手を取った。

「緋陵姫は緋陵姫だ。母様だって、お前をもうひとりの娘だと呼んでいただろう？」

問いかけに対する答えは、さらに一筋流れた涙――。

ラエスリールは初めて、緋陵姫の苦しみを知ったと思った。最後の最後になるまで、気づいてやれなかったことが悔やまれてならない。

「ありがとう、ラス。会えて、よかった、本当に」

少し掠《かす》れたその声に、ラエスリールは椅子から立ち上がった。

「疲れただろう。もう、休んだほうがいい。わたしは帰るから」

これが今生《こんじょう》の別れとなる——わかってはいたが、ラエスリールはどうしてもその言葉を口にすることができなかった。

歩き出した彼女に、背後の緋陵姫が声をかけた。

「ラス……また、いずれ」

それは別れの言葉ではなく、再会を約束する言葉——。

ラエスリールは振り返り、頷《うなず》いた。

「ああ、緋陵姫……いずれまた」

※

外に出ると、いつの間にか霧雨《きりさめ》が降っていた。

深紅《しんく》の男が、器用に自分の周囲だけは雨を遮《さえぎ》って待っている。

「会えたか？」

無駄な言葉はいっさいなく、男はそれだけを問うてきた。

「ああ」

頷くと、男は静かに歩み寄ってきて、信じられぬほど優しい仕草で、ラスの体を抱き寄せて——そうして短く告げたのだ。

「帰るぞ」

ここでは泣けないだろう？

そう言われた気がした……。

隠れ鬼の始まり

冬が過ぎ、春も終わり――初夏の新緑が屋敷の周囲を彩《いろど》り始めた頃。

マンスラムは久しぶりに燦華《さんげ》の訪れを受けた。

「ごきげんよう、マンスラム。乱華《らんか》は元気に育っているかしら？」

約束もない不意の訪問だったが、家主である老婦人は笑顔で少女を迎え入れた。

「ええ、毎日すくすくと育ってますとも。まだ一歳になったばかりとは思えない成長ぶりで、わたしも驚いてますよ。簡単な言葉なら、もう喋《しゃべ》るのよ」

「一年もかけて、ようやく簡単な言葉を……？　人間は短命なくせに、育つのにずいぶん時間がかかるのね」

長いこと、人間に対して欠片《かけら》も興味を覚えなかった魔性《ましょう》らしい少女の台詞《せりふ》に、マンスラムは軽く目を瞠《みは》った。

「なるほど、成体として生まれる貴女《あなた》たちには、そんな風に見えるのね。でも、言っておきますけど、乱華の成長は人間としては早いほうですよ。そんなに急いで大きくならなくても、とつい思ってしまうほどにはね」

その言葉に、燦華は何かを感じたようだった。

乱華が眠る小さな寝台《しんだい》に向かうと、少女は赤子の頬《ほお》にそっと触れた。

「一所懸命急いだのに、間に合わなかったのね。残念だったわね。緋陵姫《ひりょうき》は隠れ鬼を始めてしまったわ」

茶を用意するために、台所に向かったマンスラムには、彼女の言葉は届かない。

「舞台は世界中、彼女はどんな姿で隠れているかもわからない。あなたが大きくなるまでは、鬼はわたくしひとりなの」

赤子の瞼《まぶた》がぴくりと震えるが、燦華は構わず言を継いだ。

「乱華、早く大きくなりなさいな。あなたがわたくしと並んで歩けるようになったら……もしもその時、あなたが望むなら、ふたりで一緒に彼女を捜す旅に出ましょう。戻ってくると彼女は言ったけれど、じっと待ってるだなんて、わたくしの性には合わないんですもの」

　あなたもそう思わない？

　眠る乱華に問いかける燦華の表情は、柔らかく穏やかなものだった。

「……だから、わたくしはまずはひとりで始めるわ。あなたはその時が来るまで、ここで愛に包まれて育ってちょうだい。緋陵姫もそれを望んでいたから……」

　彼女の願いを叶《かな》えてね――。

　赤子の頰に口づけをひとつ落として、燦華は小さく呟《つぶや》いた。

「ではね、乱華。行ってくるわ」

　そうして彼女の姿は消えた。

　マンスラムが部屋に戻った時、燦華はすでに出立していたのだ。

　隠れ鬼の鬼として――世界のどこかで、いつか生まれてくる緋陵姫を捜し出す、その旅に。

あとがき

今年の夏も暑いですが、この本が発売される頃には、少しは朝夕の風は涼《すず》しくなっているでしょうか。

こんにちは、前田珠子《まえだたまこ》です。

破妖の剣　外伝『天明の月2』をお届けいたします。

前回予告した通り、今回はほとんど、乱華《らんか》と緋陵姫《ひりょうき》、燦華《さんげ》の後日談となりました。本伝に出ていた穢禍《あいか》の再登場です。燦華は穢禍とどう向き合うのか、今回描けたと思います。

しかし、三人の出番が多すぎて、ラエスリールの出番が少ししかなかったのが、少々残念でした。いつの間にか闇主《あんしゅ》も戻ってきてますし。

彼らのことは、次巻で語りたいと思います。

……そう。本伝最終巻のあとがきで、「一冊か二冊、後日談を出します」と書いておきながら、実は三冊目が出ます（汗）。

次で本当に、後日談も最後となります。

もう少しだけ、おつきあいいただければ幸いです。

今回もイラストの小島榊《こじまさかき》さんをはじめとする関係各所の皆様に、大変お世話になりました。

この場を借りてお礼申し上げます。

それでは、次の本でまたお目にかかれますように――。

平成二十九年　初秋　　前田珠子

※この作品はフィクションです。実在の人物・団体・事件などにはいっさい関係ありません。

この作品のご感想をお寄せください。

前田珠子先生へのお手紙のあて先

〒101－8050　東京都千代田区一ツ橋2－5－10
集英社コバルト編集部　気付
前田珠子先生

まえだ・たまこ

1965年10月15日、佐賀県生まれ。天秤座のＢ型。『眠り姫の目覚める朝』で1987年第９回コバルト・ノベル大賞佳作入選。コバルト文庫に『破妖の剣』シリーズ、『カル·ランシィの女王』シリーズ、『聖獣』シリーズ、『聖石の使徒』シリーズ、『天を支える者』シリーズ、『空の呪縛』シリーズ、『ジェスの契約』『トラブル·コンビネーション』『陽影の舞姫』『女神さまのお気の向くまま』『万象の杖』『月下廃園』など多数の作品がある。興味を覚えたことには積極的だが、そうでない場合、横のものを縦にするのも面倒くさがる両極端な性格の持ち主。趣味と実益を兼ねてアロマテラピーに手を出したものの、今ではすっかり実益のほうが大きくなり、趣味とは言いがたくなりつつある。次こそは優雅な趣味を持ちたいと身の程知らずにも思っている。

——破妖の剣 外伝——

天明の月 2

COBALT-SERIES

2017年９月10日　第１刷発行
2021年10月10日　第２刷発行

★定価はカバーに表示してあります

著　者　前田珠子
発行者　北畠輝幸
発行所　株式会社 集英社
〒101－8050
東京都千代田区一ツ橋２—５—10
電話　【編集部】03-3230-6268
【読者係】03-3230-6080
【販売部】03-3230-6393（書店専用）

印刷所　大日本印刷株式会社

ISBN978-4-08-608049-1 C0193

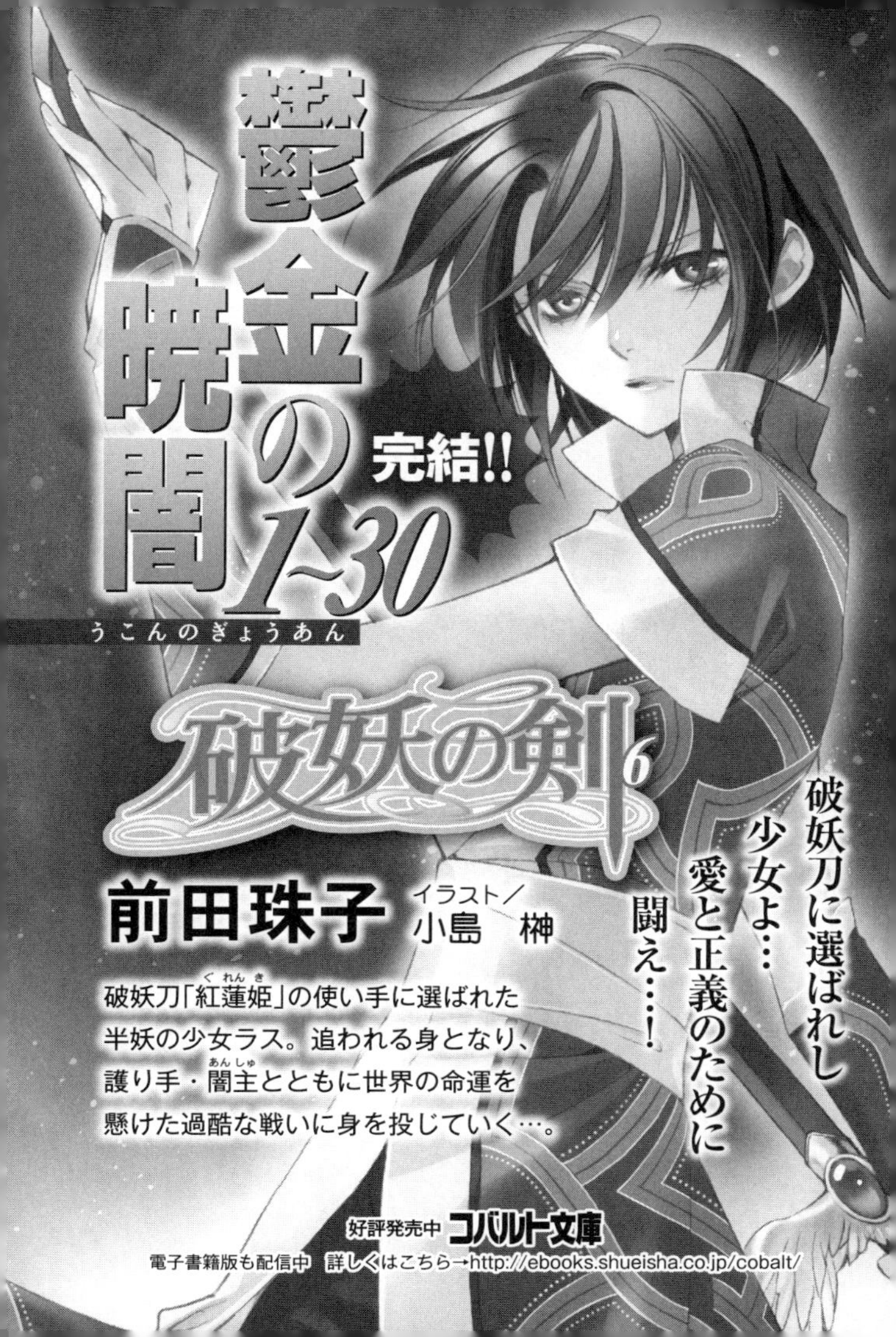

鬱金の暁闇《うこんのぎょうあん》
1~30
完結!!
破妖の剣6
前田珠子
イラスト／小島 榊
破妖刀「紅蓮姫《ぐれんき》」の使い手に選ばれた半妖の少女ラス。追われる身となり、護り手・闇主《あんしゅ》とともに世界の命運を懸けた過酷な戦いに身を投じていく…。
破妖刀に選ばれし少女よ…愛と正義のために闘え…！
好評発売中 コバルト文庫
電子書籍版も配信中 詳しくはこちら→http://ebooks.shueisha.co.jp/cobalt/

好評発売中 コバルト文庫
【電子書籍版も配信中 詳しくはこちら→
http://ebooks.shueisha.co.jp/cobalt/】
珠玉の超《スーパー》ファンタジーに
酔いしれよ!!
言ノ葉は呪縛する紅琥珀《こうこはく》
義父レンバルトを密かに想う少女リエンカ。ある夜、レンバルトの秘密を知ったリエンカは…!?
異形を仮面で隠した人々が棲むアルバワヌの里で、逃走中のラスと闇主は…!?
破妖の剣 外伝
前田珠子
イラスト/小島 榊

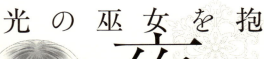

龍と指輪と探偵団
コバルト名作シリーズ書き下ろしアンソロジー①
あの人気シリーズをもう一度！
コバルトファンなら誰もが知る人気シリーズの書き下ろし最新作を一挙に収録♥
榎木洋子
「龍と魔法使い」
高遠砂夜
「レヴィローズの指輪」
響野夏菜
「東京S黄尾探偵団」
前田珠子
「女神さまのお気の向くまま」
カバーイラスト／明咲トウル
コバルト文
好評発売

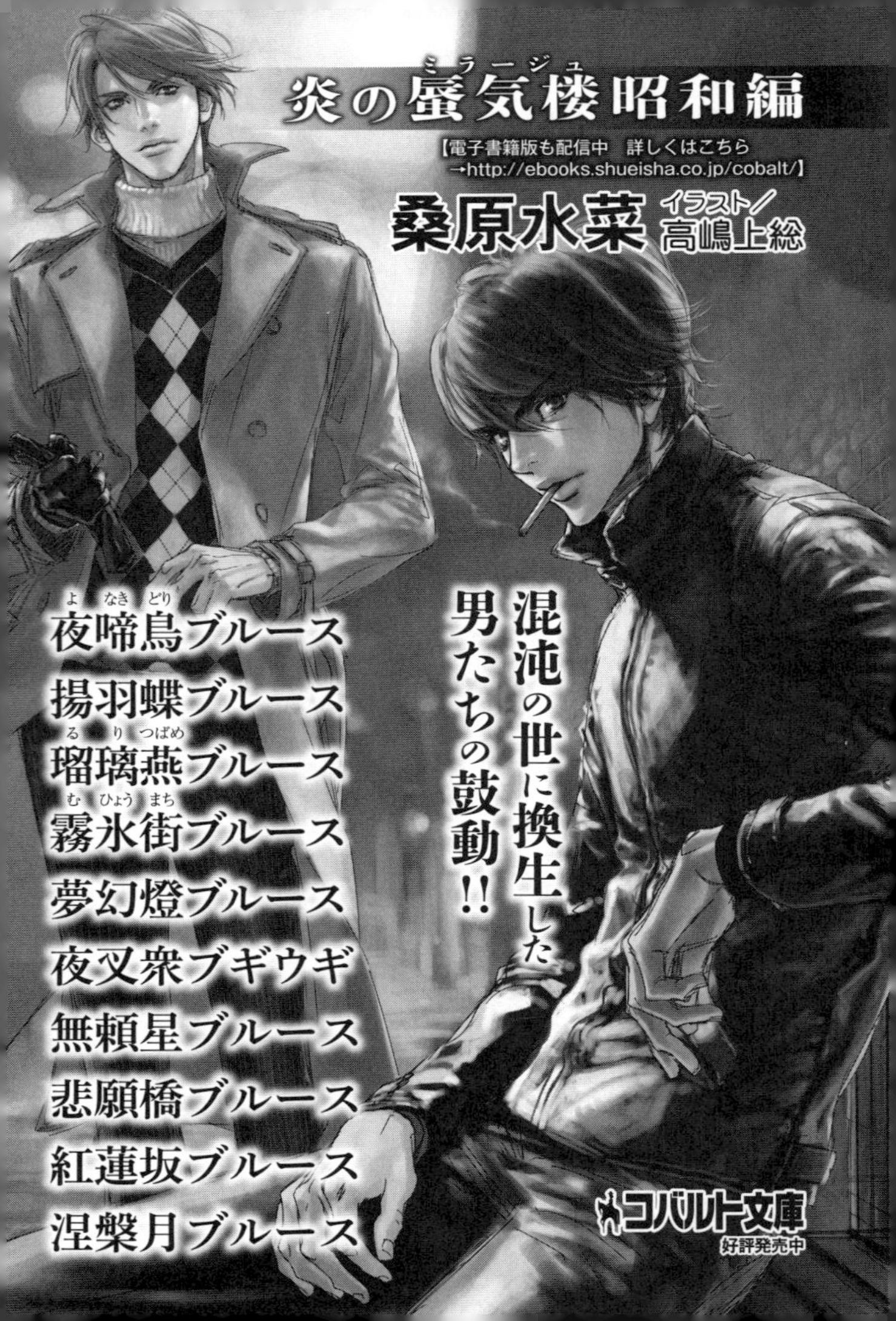

好評発売中 コバルト文庫
天地無用の
神がかりラブコメ♥
天都宮帝室の
然々な事情
二五六番目の皇女、
天降りて大きな瓜と
小さな恋を育てること
我鳥彩子
イラスト／深山キリ
天帝の末娘が地上の国へ
降嫁することになった。その道中に
妄想が捗《はかど》りすぎたせいで、
地上を覗き込んだはずみに
そのまま落下してしまい……!?